미래식당에 오신 것을 환영합니다

자리가 12개밖에 없는 작은 정식집이 오늘도 문을 열었습니다.

원하는 만큼
먹을 수 있는 밥통.

'많이'도 '적게'도
마음대로 드세요.

ㄷ자형의 카운터.
"생각보다 넓은데요?"라는 말을 자주 듣습니다.

기다리지 않아도 되는
매일 바뀌는 정식.

점심은 평균
4.5회전 정도입니다.

전시된 사진집이나 맞춤반찬 기록, 사용한 무료식권 등
마음대로 보셔도 됩니다.

메뉴는 매일
바뀌어요.

계절과 함께
메뉴도 달라집니다.

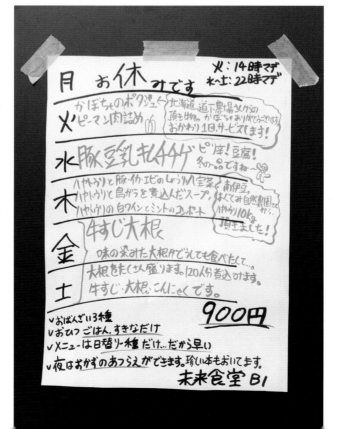

당신의
보통에
맞추어
드립니다

당신의 보통에 맞추어 드립니다

초판 1쇄 발행 2017년 11월 15일
초판 2쇄 발행 2017년 12월 15일

글 | 고바야시 세카이
옮긴이 | 이자영

발행인 | 양근만, 방정오
편집인 | 문경선
디자인 | 장선희
마케팅 | 이종웅, 김민정

발행 | (주)씨에스엠앤이
주소 | 서울시 중구 세종대로 21길 30
등록 | 2013년 11월 7일 제301-2013-205호
내용 문의 | 02-724-7855~7
구입 문의 | 02-724-7851
이메일 | cbooks@chosun.com
블로그 | blog.naver.com/comma_books
인스타그램 | @comma_and_books

ISBN 979-11-88253-01-2 03830

* 잘못된 책은 구입하신 곳에서 바꾸어 드립니다.

일본 진보초의 미래식당 이야기

당신의
보통에
맞추어
드립니다

고바야시 세카이 지음 · 이자영 옮김

콤마

차례

3장

들어가며

안녕하세요. 저는 '미래식당(未來食堂)'의 주인 고바야시 세카이입니다. 미래식당은 도쿄 지요다구(東京千代田區) 진보초(神保町)에 있는 식당으로 12개의 카운터 자리밖에 없는 작은 정식집입니다. 작은 정식집 사장이 왜 이런 책을 썼냐고 의아해하는 분도 있으리라 생각합니다.

미래식당에서는 하루에 한 가지 메뉴만 팝니다. 그 대신 메뉴가 매일 바뀝니다. 다시 말해 매일 바뀌는 한 가지의 정식밖에 없는 식당이지요(오늘은 스테이크 정식이었습니다).

'메뉴가 한 가지밖에 없으면 손님들에게 메뉴 고르는 즐거움을 빼앗는 거 아닌가?' 하는 생각이 드시나요? 메뉴가 5가지 있는 곳보다 50가지 있는 곳이 고객의 취향을 맞출 확률이 10배 높아진다는 사고방식에서 보면, 확실히 미래식당은 재미라고는 하나도 없는 식당일지 모릅니다. 하지만 정말 그럴까요?

현재 요식업계에서는 '고객 취향에 맞는 메뉴 제공'이라는 경쟁이 한창입니다. 그 결과, 전문점이 많이 생겼고 메뉴판에는 수많은 메뉴가 올라가게 되었습니다.

여기서 잠깐 상상을 해볼까요?

여러분이 살고 있는 마을에는 처음에 음식점이 5개 있었습니다. 마을이 발전하게 되면서 음식점도 많아졌습니다. 몇 년 후 어떤 사람이 이런 말을 합니다. "그래, 이 동네에 터키요리풍 약선 나베집이 없으니까 터키요리풍 약선 나베집을 내자." 그리고 또 몇 년 후 마을의 음식점이 점점 늘어 100개가 되었습니다. 여러분은 100개나 되는 음식점 중에서 한 곳을 고르고, 마을을 통틀어 10,000가지가 넘는 메뉴 중에서 먹고 싶은 것을 하나 고릅니다. 메뉴 번호 72번 '자연을 가득 머금은 바다에서 우메 할머니가 갓 정제한 소금과 반짝 반짝 빛나는 태양을 벗 삼아 야마다 씨가 정성을 다해 키운 무농약 토마토로 만든 수제 허니 케첩을 곁들인 몽글몽글한 오므라이스'를 말이죠.

이런 상상을 했을 때 저는 결코 이런 세계에서 살고 싶지 않다고 생각했습니다. 메뉴도 가게도 계속 늘어나는 세계에서, 저는 살고 싶지 않습니다.

"메뉴가 많으면 많을수록 고객의 취향에 맞는 식사를 제공할 수 있다."

"음식점에서는 누가 언제 주문을 하든 똑같은 맛을 제공해야 한다."

미래식당은 이런 기존의 상식에서 출발하지 않았습니다. 그래서 미래식당은 '지금까지 없었던 새로운 형태의 음식점'이라는 평가를 받고 있습니다.

미래식당에는 누구라도 가게 일을 50분 도와주면 한 끼가 무료인 '한끼알바' 시스템이 있습니다. 미래식당은 이 한끼알바로 운영되고 있기 때문에 종업원이 한 명도 없습니다. 그 외에도 '한끼알바'로 받은 한 끼를 식권으로 바꿔 벽에 붙여 두면 그것을 떼어낸 사람이 대신 한 끼를 무료로 먹을 수 있는 '무료식권', 목이 아프다거나 오늘 좋은 일이 있었다거나 할 때 먹고 싶은 반찬을 주문할 수 있는 '맞춤반찬', 마시고 싶은 술을 마음대로 가지고 올 수는 있지만 가지고 온 술의 절반은 가게에 두고 가는 '음료반입'. 이것이 미래식당만의 독특한 시스템입니다.

미래식당이 이런 시스템으로 도대체 어떻게 운영되는지 궁금한 사람이 많았던 것 같습니다. 그래서인지 문을 열고 4개월이 좀 안 됐을 때부터 TV, 신문, 인터넷, 라디오 등에서 취재를 하러 왔습니다.

이 책은 미래식당에 대한 간략한 소개에 그치지 않고 얼핏 보면 놀랍게 느껴지는 시스템의 이면과 저처럼 지금까지 없었던 일을 하고 싶어 하는 분들을 위한 힌트까지 담겨 있습니다.

　취재를 하러 계속 온다고 말했지만, 사실 저는 이목을 끌 목적으로 미래식당을 시작한 것은 아닙니다.

　15살 때 처음 가게를 열어야겠다는 생각을 했습니다. 제 인생에서 처음으로 혼자 찻집에 갔을 때였습니다. 그냥 어딘가에 앉아서 그 당시에 막 읽기 시작한 책, 무라카미 하루키 씨의 『태엽 감는 새』를 읽고 싶었습니다. 그래서 마땅한 곳이 없는지 주변을 둘러봤을 때 그 작은 찻집의 간판이 눈에 들어왔습니다.

　처음으로 갔던 그 찻집에서 어떤 극적인 일이 있었던 것은 아닙니다. 그냥 조용히 앉아 『태엽 감는 새』를 읽기만 했습니다. 그런데 처음으로 경험한 '어른', 그리고 '개인'의 공간이 너무나도 큰 충격으로 다가와 왠지 모르게 언젠가는 나도 이런 가게를 열어야겠다는 생각을 하게 되었습니다.

　지금 돌이켜보면 그때 충격을 받은 이유는 '학교에서의 나'도, '집에서의 나'도 아닌 '나 자신 그 자체'를 그냥 있는 그대로 받아들여줬다는 느낌 때문이었던 것 같습니다.

　그 후 대학시절에는 가게를 열기 위한 노하우를 익히려 가부키초나 골덴가의 바에서 일했습니다. 아시다시피 바는 술을 파는 곳입니다. 스무 살 생일이 지나자마자 바의 카운터에 서기 시작한 저는 모르는 손님과 이야기를 어떻게 나누면 좋을지 몰랐습니다. 그래서 대화가 끊기지 않게 하기 위해 술을 계속 마셨습니다. 술을 마시면 아무렇지 않게 손님과 이야기를 할 수 있어 좋았죠.

그러던 어느 날, 계속 이렇게 하다가는 몸이 망가져버릴지도 모른다는 생각이 들었습니다. '이건 프로의 자세가 아니야. 술을 마시지 않더라도 손님을 즐겁게 해줄 수 있는 것이 프로야'라는 생각을 하게 되었고, 그때부터는 손님이 술을 권해도 일하는 중에는 절대 술을 마시지 않았습니다. 지금도 술을 권하는 분들이 많지만 그때의 그 다짐대로 카운터 안에서는 술을 마시지 않습니다. 아마 앞으로도 그럴 것입니다.

이런 연유로 언젠가는 제 가게를 열겠다는 마음으로 살아왔습니다. 다만 그 가게는 카페나 바라고 생각했습니다. 음식점은 논외였습니다. 왜냐하면 제가 편식이 아주 심한 사람이었기 때문입니다.

제가 얼마나 편식이 심했냐 하면 학창시절에 1년 동안 아침은 메밀국수, 점심과 저녁은 시리얼만 먹었고, 회사를 다닐 때에는 몇 개월이나 점심으로 요구르트만 먹었습니다. 저의 이런 '보통' 식사에 함께 밥을 먹던 사람들이 걱정을 많이 했습니다.

"그것만 먹어도 돼?"

"제대로 된 식사를 해야지."

이런 소리를 들을 때마다 그냥 함께 앉아 밥을 먹고 싶을 뿐인데 나 혼자만 이 식탁에서 다른 생물이 된 것 같아 많이 힘들었습니다.

이렇게 편식을 하던 제가 음식점을 열게 된 것은 세 가지 사건 때문입니다.

첫 번째는 고등학교 때의 가출입니다. 고3 때 주변에서 일어나는 일들을 도무지 이해할 수 없어서 집을 나왔습니다. 집에서 뛰쳐나오긴 했지만 가출하는 방법도 제대로 몰라 서점에 가서 당시 화제였던『완전 실종 매뉴얼』이란 책을 산 뒤, 도쿄로 가는 신칸센에서 읽었습니다. 책을 읽다보니 도쿄가 바로 코앞이라고 느껴질 정도로 시간이 빠르게 흘렀습니다. 정말 눈 깜짝할 사이였습니다.

몇 푼 되지도 않는 돈을 손에 꼭 쥐고 보스턴백 하나 메고 도쿄역에 도착했습니다. 여기저기를 전전하다 큰길 모퉁이에 앉아 있으니 너무나도 불안해져 누구라도 좋으니 제발 말 좀 걸어줬으면 좋겠다는 생각이 들었습니다. 하지만 당연하게도 말을 걸어주는 사람은 아무도 없었습니다. 이 세상에 나만 혼자라는 생각, 나만 외톨이라는 생각에 가슴이 찢어질 것 같았습니다.

기세 좋게 뛰쳐나온 탓에 나를 증명할 수 있는 것은 고등학교

학생증밖에 없었습니다. 그래서 하루면 딸 수 있는 원동기 면허를 취득할 때 고졸이라고 속이기도 하고, 부모님이 가출신고를 했을 거라는 생각에 경찰서 부근을 피하기도 했습니다. 정말 여러 가지 일이 있었습니다. 특히 해가 저물어가는 저녁 무렵이 제일 불안했습니다.

　우여곡절 끝에 일자리를 찾아 그곳 휴게실에서 동료들과 함께 저녁을 먹을 때의 일이었습니다. 다같이 "잘 먹겠습니다"라고 외치는 소리에 나도 모르게 눈물이 흘러 멈추지 않았습니다. 그들은 모두 제가 알던 사람들이 아니었습니다. 그냥 어쩌다보니 같은 직장에서 일을 하게 된, 이름도 모르는 사람들이었습니다. 하지만 그냥 옆에 사람이 있다는 사실이, 외톨이였던 저에게는 너무나도 소중했습니다.

　'나는 이렇게 사람들과 어울리며 살아야 하는구나.'

　제가 밥을 먹는 것에 대해 까다롭게 구는 이유도 식사 자리에서 이런 깨달음을 얻었기 때문입니다. 저의 가출은 그날 밤 집으로 돌아가겠다고 부모님께 전화를 거는 것으로 끝이 났습니다. 가출을 한 지 정확히 두 달 만의 일이었습니다.

　이때의 깨달음은 미래식당에도 큰 영향을 끼쳤습니다. 사실 미래식당은 찾아오는 손님들끼리 그렇게 친밀하고 사이좋은 분위기가 아닙니다. 미래식당은 그냥 띄엄띄엄 사람이 앉아 있는 공간입니다. 딱히 말을 걸지 않아도 그냥 사람이 옆에 있다는 사실을 소중히 여기는 분위기가 감도는 곳입니다. 미래식당의 분위기가 이런 것은 아마도 제가 했던 가출의 경험 때문이 아닐까 생각합니다.

두 번째는 대학시절입니다. 당시 남자친구와 함께 살고 있을 때 일어난 일입니다. 편식이 심했던 저는 특히 당근을 좋아했고, 대부분의 반찬을 당근으로 만들었습니다. 당근 샐러드, 당근 조림, 당근 초무침, 당근 영양밥 등등. 보통 사람들이라면 깜짝 놀랄 식단이지만 제게는 전혀 이상하지 않았습니다. 반찬의 대부분을 당근으로 만들었다는 것조차 잊고 있던 어느 날, 남자친구가 속마음을 털어놓았습니다. 남자친구는 밥상을 처음 봤을 때 너무 놀랐지만 그냥 말없이 먹어주는 것이 좋을 것 같아 아무렇지 않은 척했다고 이야기했습니다. 그 말에 저는 큰 충격을 받았습니다. 그리고 그와 동시에 나라는 존재를 '있는 그대로' 받아들여준 남자친구에게 너무나 고마웠습니다. 미래식당이 '그 사람의 보통을 받아들여주는 곳'으로 '당신의 보통에 맞춘다'는 메시지를 내세우는 것은 이때의 경험이 큰 영향을 끼쳤습니다.

세 번째는 회사를 다니던 시절입니다. 엔지니어였던 제가 그 당시 높은 기술력으로 정평이 나 있는, 레시피 검색 포털 쿡패드로 회사를 옮겼을 때입니다. 회사에는 주방이 있었고, 직원이라면 누구나 직접 음식을 만들어 먹을 수 있었습니다. 하지만 점심시간에 보면 편의점에서 적당한 것을 사와서 먹는 사람이 대부분이었습니다. 저는 큰 충격을 받았습니다. 뭔가를 하고 싶다는 생각이 강하게 들었습니다. 저는 혼자서 쓸쓸하게 밥을 먹고 있는 사람을 보면 그냥 놔두지 못하는, 소위 오지랖이 넓은 사람입니다. 하지만 이제 막 입사한, 시간도 없던 제가 할 수 있는 일은 밥을 한 솥 안치고 미소된장국처럼 간단한 국을 끓이는 것밖에 없었습니다.

'오늘은 토마토 카레.'

종이에 메뉴를 적어 돌리면서 먹으러 올 사람을 확인하면 눈 깜짝할 사이에 사람들이 모였습니다. 식사 장소로 생각했던 회의실이 금세 꽉 찼습니다. 소박한 메뉴지만 서서 먹는 사람까지 있는 것을 보고, 그때까지 음식점을 여는 것은 무리라고 여겼는데 어쩌면 할 수 있을지도 모르겠다는 생각이 들었습니다. 이것이 미래식당의 출발점이자 변화의 시작점이 되었습니다.

가게를 차리겠다고 회사를 그만둔 것, 그 중에서도 당시 엔지니어들에게 동경의 대상이었던 기술력이 높은 안정적인 회사를 그만뒀다는 사실에 놀라는 사람도 있습니다. 하지만 앞에서도 이야기했듯이 저는 언젠가 가게를 열겠다는 마음으로 살아온 사람이라 회사를 그만둔 것에 후회는 없습니다. 그리고 어떤 것이든 그

동안 길러왔던 능력은 어디서든 발휘할 수 있다고 믿기 때문에 엔지니어를 그만둔 것도 후회하지 않습니다. 하지만 미래식당의 시스템을 설명하는 부분에서, 미래식당에 저의 엔지니어식 사고가 조금씩 녹아 있다는 사실을 알아차려주시면 기쁠 것 같습니다.

회사를 그만둔 후 1년 반 동안 여러 음식점에서 노하우를 배우고 미래식당을 열었습니다. 이 책에서 소개할 미래식당의 시스템에 여러분은 놀랄지도 모르겠습니다. '이대로 계속해나가는 것은 무리'라고 생각하는 분도 있을 것입니다. 실제로 회사를 그만둔 뒤 주변 사람들에게 미래식당의 아이디어를 이야기했을 때 "그런 게 가능할 리가 없어", "그렇게 해서 뭘 어쩌겠다는 거야?"라는 말을 많이 들었습니다. 정말 속상했습니다.

그런데 그 손님에게는 너무나도 당연한 '보통'에 식당이 맞추는 것이 그렇게 별난 일인가요?

'눈앞에 손님이 있고, 손님이 무엇을 바라는지, 기분은 어떤지, 컨디션은 어떤지, 내가 할 수 있는 일은 없는지, 손님에 대해 진지하게 생각하고 손님이 원하는 음식을 제공한다.'

이런 생각에는 고도로 발달한 요즘과 같은 커뮤니케이션 수단이 등장하기 전, 사람과 사람 사이가 조금 더 가까웠던 그 시대의 그리운 정취가 담겨 있습니다.

지금까지 존재하지 않았던 일을 하기 위해서는 용기가 필요합니다. '사람들 말처럼 역시 불가능한 일이었어'라는 생각이 들면서 한 발 물러나고 싶어질지도 모릅니다. 저 역시 그랬습니다. 하지만 주변에서 가능할 리가 없다고 비웃더라도 포기하지 말고 현실에서의 해답을 조금만 더 찾아봤으면 좋겠습니다. 분명 고독한 싸움일 것입니다. 그렇기 때문에 저는 응원하고 싶습니다. 그래서 이 책을 쓰게 되었습니다.

사람과 사람이 서로를 정면에서 마주보는 곳, 상식의 틀을 뛰어넘어 그 사람에게 맞는 것을 제공하는 가게.

'누구라도 받아들이고, 누구에게나 어울리는 장소.'

많은 사람들이 이런 생각을 비웃었습니다. 하지만 제가 찾아낸 현실의 답이 바로 미래식당입니다. 이 답이 어떤 모습을 하고 있는지 이제 여러분께 보여드리려 합니다.

이 책은 『미래식당이 만들어지기까지』에 이어 제가 두 번째로 쓴 책입니다. 『미래식당이 만들어지기까지』는 제목 그대로 미래식당을 열기까지 블로그에 쓴 일기를 발췌한 기록입니다. 하지만 이 책은 문을 연 이후 매일의 경험을 통해 얻은 깨달음과 창업하고 싶은 분들을 위한 구체적인 실천 방법, 그리고 미래식당이라는 시스템을 통해 제가 전하고 싶은 것들을 깊이 있게 썼습니다. 매일 영업을 하는 틈틈이 이 책을 썼습니다.

앞에서 '지금까지 없었던 새로운 형태의 음식점'으로 평가받고 있다고 했지만 이는 어디까지나 이 책을 쓰고 있는 현재의 이야기입니다. 어쩌면 몇 년 후 이 책을 읽고 있는 여러분에게는 '아주 흔한' 형태의 음식점일지도 모릅니다.

먹고 싶은 반찬을 만들어달라고 요청할 수 있고, 어떤 사람이든 손님도 되고 직원도 되는 가게. 사람이 사람을 생각하고, 그 사람다움을 세상의 상식으로 옭아매지 않고 그냥 있는 그대로 긍정하는 곳. 미래식당 말고도 이런 생각을 가진 장소가 많아지면 어떨까요?

그런 미래가 왔으면 좋겠습니다. 저는 그런 미래에 살고 싶습니다. 여러분은 어떤가요?

'메뉴는 한 가지뿐이고, 매일 바뀐다'는
미래식당의 방식에 놀라는 사람도 많다.
하지만 이렇게 하기 때문에 따로 주문을 받을 필요가 없고,
손님이 들어오자마자 음식을 낼 수 있다.

1장

미래식당으로
오세요

◆
자리가 12개밖에 없는 작은 정식집

미래식당은 도쿄 지요다구 진보초에 있는, 12개의 카운터 자리밖에 없는 작은 정식집이다. 메뉴는 매일매일 바뀌는 한 가지 정식이 전부다. 저녁은 점심과 같은 정식에, 원하는 반찬을 주문하면 만들어주는 '맞춤반찬' 서비스가 가능하다.

정식의 가격은 900엔(약 9,000원)인데, 한 번만 방문하면 평생 쓸 수 있는 100엔(약 1,000원) 할인권을 주기 때문에 두 번째부터는 800엔(약 8,000원)이다. 메뉴를 하나로 통일해 효율화를 꾀하고 있기 때문에 손님이 자리에 앉은 뒤 5초 만에 정식이 나가는 등 '정해진 시간 안에 맛있는 것을 빨리 먹고 싶다'는 직장인들의 점심 니즈를 만족시키고 있다.

종업원은 나 혼자. 하지만 우리 식당에는 '한끼알바'라는 독특한 시스템이 있다. 미래식당에 한 번 이상 왔던 손님이라면 누구나 한끼알바를 할 수 있는데, 가게 일을 50분 도와주고 한 끼를 무료로 먹을 수 있는 시스템이다. 이 한끼알바 덕분에 근처에 사는 사람은 물론이고, 전국 각지에서 온 사람들이 미래식당을 도와주고 있다.

그리고 이런 미래식당의 시스템과 사업계획, 월말결산을 모두 공개해 누구나 확인할 수 있게 했다. 미래식당은 요식업계에서는 별로 찾아볼 수 없는, 모든 정보가 오픈된 곳이다.

미래식당만의 특징을 순서대로 하나씩 살펴보자.

메뉴는 단 한 가지뿐

미래식당에는 '선택한다'는 의미에서의 메뉴가 없다. 매일 바뀌는 한 가지의 정식밖에 없기 때문에 자리에 앉으면 바로 그날의 정식이 나오는 구조다. 식당 앞에 주 단위로 붙여둔 식단표를 보고 손님들이 들어오는 방식인데, 가끔 메뉴판이 없냐고 묻는 손님들이 있다.

"죄송합니다. 저희 집은 매일 한 가지의 정식만 팔고 있어요. 오늘의 메뉴는 '연어 차조기절임 정식'입니다."

내 말을 들은 손님들 대부분이 "그럼 그걸로 주세요"라고 대답한다. 그 메뉴가 마음에 들지 않는다고 하는 손님에게는 식단표가 있는 곳을 알려주고, 마음에 드는 메뉴가 있는 날 다시 방문해달라고 설명한다.

'메뉴는 한 가지뿐이고, 매일 바뀐다'는 미래식당의 방식에 놀라는 사람도 많다. 하지만 이렇게 하기 때문에 따로 주문을 받을 필요가 없고, 손님이 들어오자마자 조리를 하거나 그릇에 담을 수 있다. 손님이 자리에 앉으면 식사를 바로 제공할 수 있기에 가게 입장에서도 좋고 손님 입장에서도 좋다.

'바로 제공'이라고 했지만, 구체적으로는 모든 음식을 1분 이내에 내보내는 것을 목표로 하고 있다. 튀김처럼 주요리의 조리 시간이 좀 더 필요한 경우라도, 주요리를 제외한 밥과 반찬을 담은 쟁반은 손님이 자리에 앉은 뒤 5초 이내에 나가기 때문에 바로 식사를 시작할 수 있다.

이렇게 미래식당의 메뉴가 효율적인 형태라고 설명을 하면, 많은 사람들이 음식이 맛없는 것은 아닌지 의심을 한다. 또 "5초 만에 나왔으니깐 5초 만에 다 먹어야 하는 거야? 빨리 먹고 나가라는 건가?" 하고 묻는 사람도 있는데, 물론 이것은 오해다.

일반적인 음식점에서 점심시간에 손님이 체류하는 시간을 '배식·식사·후식'으로 나누고 각각을 10분씩, 평균 30분을 잡는다고 하자. 미래식당은 처음의 10분을 0초로 하려고 한다. 그렇게 되면 오히려 손님은 서두를 필요가 없고, 결과적으로 불필요하게

식당에 머무르는 시간이 짧아진다. 미래식당의 목표는 손님들에게도 효율적인 식당이 되는 것이다.

매일 바뀌는 메뉴는 '똑같은 것을 다시 만들지 않는다'는 걸 원칙으로 하고 있기 때문에 정말로 매일 바뀐다. 인기 있는 반찬(햄버그스테이크, 돼지고기 생강구이 등)은 여러 번 만들기도 했지만 그래봤자 두 달에 한 번 정도다.

그리고 가능한 한 계절에 맞는 음식을 만든다. 예를 들어 여주볶음 정식의 경우 여름에는 된장국이 아니라 소면이나 시원한 냉국을 함께 내간다. 반면 겨울에는 뜨거운 된장국이나 스튜를 만든다. 햄버그스테이크 정식의 경우, 여름에는 오로시폰즈를 듬뿍 올린 샐러드를 곁들이고 겨울에는 뿌리채소를 잔뜩 넣은 스튜를 곁들이는 식으로 계절에 맞게 조정하고 있다. 연말에는 국을 해넘이 국수로 바꾸기도 하고, 명절 때는 떡을 디저트로 주기도 한다. 또 직장인들의 월급날인 25일에는 전골요리나 도미 정식 등 원가율이 높은 '진수성찬 메뉴'를 내놓기도 한다. 이런 식으로 '항상 같은 것'이 아니라 매일의 식사가 하루하루 다르게 기억되도록 신경 쓰고 있다.

주요리와 함께 나가는 곁들임 반찬도 여름에는 오이, 동아, 토마토, 호박, 주키니 호박, 오크라 등을 쓰고, 매실무침이나 피클처럼 무더운 날씨에 먹기 좋은 방식으로 만든다. 겨울에는 익힌 무나 시금치를 쓰기도 한다.

"반찬도 여러 가지 나오고, 제철 재료를 쓰는 데다가 메뉴도 매일 바뀌니까 너무 좋아요. 이런 걸 '집밥'이라고 부르는데 사실 집에서는 이렇게 못 만들어 먹죠."

이런 칭찬을 하는 손님이 많다. 한 끼에 몇 가지 재료가 들어가느냐는 질문을 자주 받는데, 가급적이면 15~17가지 정도의 재료를 쓰려고 한다. 먼저 접시에 담아보고 오늘은 재료가 좀 부족하다 싶을 때는 된장국에 자투리 채소를 썰어 넣는 식으로 균형을 맞춘다.

식단 하나하나도 그렇지만, 일주일 단위로 생각했을 때 식재료, 양념, 조리법이 겹치지 않도록 균형을 맞추고 있다. 구체적인 기준은 다음과 같다.

①고기와 생선을 번갈아 사용하고 ②중식, 일식, 양식 중 한 쪽으로만 쏠리지 않게 하고 ③튀기기, 굽기, 생식의 균형이 잘 맞도록 식단을 짠다. 예를 들면 치킨 가라아게가 나간 다음 날은 다랑어 회덮밥을 준비하는데, 좀 더 나아가 '다랑어 회덮밥은 일식이니까 치킨 가라아게를 중식으로 바꿔 유린기를 만들자'는 식으로 세세한 부분까지 신경 써서 식단을 조정하고 있다. 그리고 여기에 ④계절감이 들어간다.

메뉴가 매일 바뀌기 때문에 매일 오는 손님도 많다. 하루에 약 60명 정도의 손님이 오고 그 중에 매일 오는 손님이 10명이 좀 안 되기 때문에 전체의 10퍼센트 정도라 할 수 있다. 여기에 이틀에 한 번 오는 손님까지 더하면 그 비율이 전체의 3분의 1 정도까지 올라간다.

손님들이 자주 오는 데에는 여러 가지 원인이 있겠지만 제철 재료로 만든 균형 잡힌 식단, 그리고 매일 바뀌는 메뉴가 가장 큰 이유가 아닌가 싶다.

다음 주 메뉴는 손님이 정한다

매일 바뀌는 메뉴들은 사실 내가 정하지 않는다. 토요일 저녁 무렵, 조금 한산해졌을 때 손님들에게 "다음 주에 뭐가 먹고 싶으세요?"라고 묻는다. 황당해하는 손님들에게 "다음 주의 메뉴를 지금 여기서 정하는 거예요"라고 말하면 눈빛이 흔들리기 시작한다. "저 다음 주에는 못 올 거 같은데……"라고 하는 손님도 있는데, "꼭 오시지 않아도 괜찮아요. 그래도 생각나는 거 있으면 말씀해주세요!"라고 용기(?)를 북돋아주면 아이디어가 하나씩 나온다. 또 "지금 드시고 있는 돼지고기 생강구이 정식도 지난주에 어떤 손님이 먹고 싶다고 이야기한 거예요"라고 하면 다들 재미있다는 반응을 보인다.

이런 '메뉴 회의'는 제법 진지한 분위기 속에서 진행된다. "돈가스가 먹고 싶어요", "치킨난반이 먹고 싶어요"라고 하는 손님들에게는 "돈가스랑 치킨난반은 둘 다 튀김 요리니까 하나는 기각입니다"라고 대꾸하기도 하고, "생선조림이 먹고 싶어요"라고 하는 손님에게는 "여름에 생선조림은 더워서 먹기 힘드니까 차가운 카레조림은 어때요?" 하고 계절감을 더하기도 한다.

금요일과 토요일은 메뉴가 같기 때문에 일주일의 메인 메뉴 네 가지(화, 수, 목, 금·토)를 이 회의에서 정한다. '양념이 좀 진한 음식이 연속되니 수요일의 고기 감자조림은 프랑스식으로 변경', '칠리새우랑 된장국은 안 어울리니까 된장국 대신 중화식 달걀 스프', '전갱이 튀김만으로는 단가가 너무 낮으니까 채소 그릴구이도 추가해서 호화롭게 마무리'라는 식으로 세세한 부분까지 신경 쓰며 일주일의 메뉴를 정한다.

가끔 손님들이 "매일 다른 메뉴를 생각하는 거, 힘들지 않아요?"라고 묻는데 사실은 이런 식으로 손님들의 힘을 빌리기 때문에 괜찮다. 하지만 내가 한 번도 만들어본 적이 없는 메뉴를 손님들의 요청이라는 이유로 만들어야 하는 경우도 있어 그렇게 쉽지만은 않다.

어느 겨울 날, 도호쿠(東北) 출신 손님이 '토란조림'이 먹고 싶다고 말했다. 사실 나는 그전까지 토란 요리를 먹어본 적이 없었다. 그래서 쉬는 날 집 근처의 도호쿠 음식점으로 달려가 그곳 사람들에게 만드는 법을 물어봤다.

'탄두리치킨 정식' 때는 인도음식점에 가서, '칠리새우 정식' 때는 중국음식점에 가서 레시피를 배웠다. 레시피뿐만 아니라 인도요리와 궁합이 잘 맞는 재료, 중화요리처럼 보이게 담는 법 등 배워야 할 것이 많았다. 쉬는 날은 거의 대부분 다음 주 메뉴를 위해 음식점들을 돌아다닌다. 다른 나라 음식점뿐만 아니라 계절 음식을 배우기 위해 일본 음식점들까지 다니다보니 하루에 4끼를 먹는 경우도 있다.

"만들어본 적이 없는 것들을 매일 바꿔가면서 만드는 게 가능하다니!"라며 손님들이 놀라기도 한다. 확실히 힘들기는 하지만 앞에 있는 손님이 '토란조림'이 먹고 싶다고 하면 역시 그 마음에 응해주고 싶어져서 가능한 한 열심히 만들게 된다. 손님들의 요청으로 정해진 식단이기 때문에 계속 만들고 싶다는 생각이 드는 건지도 모르겠다.

혼자서도 꾸릴 수 있는 효율적인 가게

메뉴를 한 가지로 통일하고, 종류를 최소한으로 줄인 접시의 수를 4회전 분량으로 준비하는 등 미래식당은 철저하게 효율적인 가게를 만들기 위해 노력하고 있다. 그 결과 혼자서 일을 해도 점심시간에는 4회전 정도까지 여유가 있다. 4.5회전을 넘어가면 조금 허둥대지만 아직까지 큰 문제는 없었다.

여담이지만 문을 열기 전 음식점 사장님들과 만날 기회가 생겨 점심 장사를 혼자서 할 계획이라 이야기했더니 "점심 장사를 혼자서 한다는 건 불가능해요. 1회전도 못 버틸 테니까 계획을 수정해서 다시 오세요"라고 무시를 당했다. 분했지만 아직 문도 열지 않은 상태에서 아무리 말해봤자 탁상공론이라 할 것 같아 대꾸하지 않고 참았다.

효율성에 대한 부분은 회사를 그만두고 노하우를 배우기 위해 여러 음식점에서 일하다가 깨달은 것이다. 예를 들어 보존용 밀폐용기 하나도 효율성을 생각해볼 수 있다. 한 유서 깊은 배달음식점에서 일을 했을 때였다. 20년, 30년 일하는 것이 너무나 당연한 세계라 들어간 지 얼마 안 된 나는 바닥청소와 설거지를 담당했다. 그 가게에서는 필요할 때마다 가장 싼 밀폐용기 묶음을 사서 사용했기 때문에 밀폐용기의 종류가 제각각이었다. 당연히 공간도 많이 차지했고, 각각에 맞는 뚜껑을 찾기도 힘들었다. 그릇을 정리하다 보면 "그건 파란색이 아니라 빨간색 뚜껑!"이라며 자주 야단을 맞았다. 이런 경험 때문에 미래식당을 열 때 밀폐용기를 한 종류로 통일해야겠다는 생각을 하게 된 것이다. 우리 식당에는 겹쳐놓기 좋은 한 종류의 밀폐용기가 40개 정도 있는데, 공간 절약도 되고 정리도 쉬워 효율적이다.

월말결산과 사업계획서를 공개하는 이유

2015년 10월: 매출 1,001,400엔, 원가 252,448엔.

2016년 05월: 매출 1,231,000엔, 원가 349,506엔.

이 숫자는 미래식당의 월 매출액과 원가다. 미래식당은 매달 월말결산을 블로그에 공개하기 때문에 그달의 매출액과 원가를 누구나 확인할 수 있다. 그런데 대체 왜 공개하느냐는 질문을 자주 받는다. 공개하는 이유는 먹는장사를 하고 싶은 사람에게 참고가 될 뿐만 아니라 경영학적인 관점에서도 유익한 데이터이기 때문이다. 그리고 무엇보다도 방문한 손님들에게 정직하다는 느낌을 준다.

원가를 공개한다는 건 적절한 원가율로 운영되고 있다는 사실을 보여주는 것이다. 미래식당의 원가율 목표치는 매출의 25~28퍼센트다. 음식점의 평균원가는 30퍼센트 정도라고 한다. 그런데 최근에는 평균에 비해 높은 원가율(예를 들어 45퍼센트)을 자랑하며, 같은 가격이라도 좀 더 질 좋은 음식을 먹을 수 있다는 점을 내세우는 경영전략이 유행이다. 그래서 원가율의 목표치가 30퍼센트가 좀 안 된다고 했더니 인터넷에 질 안 좋은 음식을 내놓는 것 아니냐며 험담하는 댓글이 올라오기도 했다.

물론 그렇지 않다. 식재료를 속여서 원가를 낮출 궁리를 하고 있다면 애초에 원가 공개 자체를 하지 않았을 것이다.

미래식당에서 한 끼에 15개 이상의 식재료를 쓰고 있다는 것과 그 종류를 알고 난 뒤, 원가율을 30퍼센트 이하로 맞추고 있다는 사실에 깜짝 놀라는 사람도 있다. 미래식당에서는 자투리 식재료를 다음 날 반찬에 사용하는 등의 방법을 이용해 버리는 식재료가 없게끔 해서 원가를 낮추고 있다.

이런저런 방법을 궁리한 뒤 실제로 행동으로 옮기는 노력은 무시하고 숫자만 보고 판단해 험담을 하는 것은 옳지 않다. 사실 나무젓가락 같은 소비품도 '원가'에 넣어 원가가 높은 것처럼 보이게 할 수도 있다. 하지만 험담에 대한 방어가 우리 가게의 본질이 아니기 때문에 한번 정한 회계 처리 기준, 즉 '원가는 식재료비만 포함한다'를 지키며 결산을 하고 있다. 험담과 같은 부정적인 반응은 정보를 공개하고 있는 이상은 어쩔 수 없는 것이라 생각한다.

사실 나는 돈을 벌어 이익을 내는 것을 전혀 나쁘다고 생각하지 않는다. 미래식당에는 무료식권처럼 손님이 돈을 내지 않고도 서비스를 받을 수 있는 시스템이 있다. 그래서 "미래식당은 돈벌이를 생각하지 않기 때문에 더욱 멋지다"라는 말을 듣기도 한다. 하지만 이것은 오해다.

돈은 투표와 같은 것이다. 많은 사람에게 공감을 얻고 이익을 확실히 내는 것이 비즈니스의 대전제이고, 가게를 운영하는 나의 책임과 의무다. 나는 그 결과를 공개하면 손님에게 진지한 이 마음을 전할 수 있다고 생각한다.

"장사가 잘되기 때문에 공개할 수 있는 거 아닌가?"라고 이야기하는 사람도 있다. 확실히 문을 연 초기부터 손님들이 적극적으로 도와준 덕분에 순조롭게 출발할 수 있었다. 게다가 여러 미디어의 주목을 받아, 지금은 문을 열기 전에 작성한 사업계획서보다 상당히 높은 실적을 올리고 있다. 하지만 이것은 어디까지나 결과에 불과하다.

'실적이 좋기 때문에 공개하는 것이 아니라 결과가 어떻든 공개하고 거기서부터 향상시켜나간다.'

이것이 바로 우리가 실천해야 할 자세가 아닐까?

그리고 개업할 때 작성한 사업계획서도 인터넷에 원본을 공개해 누구나 다 볼 수 있다. 이 사업계획서는 중소기업청이 주최한 '2015년 창업촉진보조금 사업'에 채택되어 200만 엔(약 2,000만 원)의 보조금을 받았다. 앞으로 사업을 하려고 하는 사람들이 참고하기 좋은 샘플이라 생각한다.

요식업계의 지식 공유

'그렇다 치더라도 미래식당은 도대체 왜 월말결산이나 사업계획서를 모두 공개하지?'라고 의문을 갖는 사람이 있을지도 모르겠다. 그 이유는 내가 IT업계에서 일을 한 경력과 큰 관계가 있다.

여러분은 '오픈소스'라는 말을 들어본 적이 있는가?

오픈소스(open source): 소프트웨어의 설계도에 해당하는 소스 코드를 인터넷 등을 통해 무상으로 공개해 누구나 그 소프트웨어를 개량하고, 이것을 재배포할 수 있도록 하는 것.

오픈소스는 IT업계의 중요한 개념으로, 이것이 IT업계를 빠르고 좀 더 좋게 발전시킨 근본이라고 생각한다. 무료(free)가 중요한 것이 아니다. 가시성이 높고, 타인도 성과물에 대해 의견을 낼 수 있는 투명성(open)이 중요하다.

IT업계에서 시스템 엔지니어(system engineer)로 일할 때부터 나는 이런 사고방식이 아주 마음에 들었다. 음식점에서 노하우를 배울 때나 가게의 오픈 계획을 세울 때 가장 먼저 개선을 해야겠다고 생각했던 것이 바로 투명하지 않고 닫혀 있는 요식업계의 태도였다.

'간판 메뉴'라는 이름하에 레시피를 숨기는 음식점이나 '세미나'라는 이름하에 지식을 은폐하는 음식점 개업 컨설턴트가 많다. 기존의 비즈니스 상식은 "자신의 지식을 감춰야 승자가 된다"는 것이다. 하지만 미래의 비즈니스는 조금 다를 것이다. 그래서 생각한 것이 바로 오픈소스를 활용한 '지식의 공유'다.

지식이 공유되는 미래를 바란다면 먼저 내가 몸소 실천하지 않으면 안 된다. 이것이 바로 이제 막 가게를 시작한 초심자인 내가 그렇게 많지도 않은 지식이나 경험을 오픈하는 이유다.

사업계획서는 미래식당을 개업하기 전 블로그에 공개했다. 그래서 '무엇보다 먼저 미래식당을 성공시켜야 한다'는 압박감이 훨씬 더 커졌다. 물론 장사가 잘 안될 수도 있지만, "이상론만 내세우더니 결국 실패하네"라는 소리를 들으면 역시 분할 것 같았기 때문이다.

꽉 막힌 요식업계에 조금 앞서가고 있는 IT업계의 사고방식을 적용시키면 어떤 변화가 일어날까? 그 변화를 미래식당에서 조금 느낄 수 있을지도 모르겠다. 물론 작은 나의 한 걸음이라 아직 갈 길이 멀기는 하지만.

모방당하는 것을 두려워하지 않는다

미래식당은 인터넷에 사업계획서를 공개하고, 시스템에 대해서도 모두 설명해 손바닥 안까지 완전히 다 보여주고 있는 상태다. 그래서 '누가 모방하지는 않을까'라는 생각이 들기도 한다.

한끼알바를 하며 가게 내부의 노하우를 배워 따라 할 수도 있다. 하지만 모든 것을 공개하고 있기 때문에 내 생각에 관심을 갖는 사람이 나타나고, 공감을 해서 힘을 빌려주는 사람도 생겼다. 그래서 나는 미래식당의 시스템이나 제도를 모방하는 것에 대해 전혀 이의가 없다.

오픈하는 것을 꺼리는 사람은 다른 사람들이 보고 따라 할지도 모른다는 두려움을 가지고 있다. 예를 들어 먹고 싶은 반찬을 주문할 수 있는 미래식당의 시스템 '맞춤반찬'을 근처 다른 식당이 좀 더 싼 가격에 따라 하면 어떻게 하냐는 걱정을 할 수 있다. 하지만 따라 해도 미래식당에는 미래식당만의 가치가 있다. 미래식당뿐만 아니라 여러분이 하려고 하는 일도 마찬가지다. 먹고 싶은 반찬을 주문할 수 있다는 표면만 따라 해서는 미래식당의 맞춤반찬이 될 수 없다.

이 책을 읽은 독자가 미래식당의 시스템을 전부 모방할 수도 있다. 아니, 오히려 힌트까지 알려주고 있으니 따라 하라고 부추기는 모양새다. 하지만 미래식당이 새롭게 만들어내는 '다음'을 미래식당보다 먼저 만들 수는 없다. 끊임없이 생각을 하기 때문에 새로운 것, 미래식당다운 것을 만들어낼 수 있다. 바로 이것이 미래식당의 가치다. 따라 할 수 있는 것은 표면뿐이다. 이런 각오가 없다면 정보 공개는 생각도 못할 것이다.

사실 손바닥 안까지 다 보여주고 있기 때문에 금방 따라잡힐지도 모른다는 압박감을 느끼기는 한다. 하지만 이런 압박감이 있기에 한 곳에서 멈추지 않고 다음, 그 다음을 계속 만들어 낼 수 있는 것 아닐까?

매일 바뀌는 한 가지의 메뉴

자신만의 규칙을 만든다 ｜난이도 ★☆☆☆☆｜

매일 똑같은 메뉴가 아니라 매일 다른 메뉴를 만들기 때문에 식재료 구입이나 재료손질을 규칙적으로 하기 어렵다. 하지만 꼭 미래식당 처럼 할 필요는 없다. 자신의 식당에 맞춰 메뉴를 10가지만 정해놓고 10일 단위로 돌아가는 식단을 만든다면 규칙화하기도 쉽고 수고도 덜 수 있다.

미래식당의 경우도 매일 다른 메뉴를 만들지만 곁들임 반찬으로 달걀말이가 자주 등장한다. 달걀말이는 계절에 상관없이 내놓을 수 있는, 누구나 좋아하는 반찬이기 때문이다.

바뀌지 않는 것으로 손님을 끌어당긴다 ｜난이도 ★★★☆☆｜

매일 바뀌는 메뉴는 손님 입장에서 보면 "그 메뉴가 맛있었으니까 또 먹으러 가야지"가 안 된다는 의미다. 가게 입장에서도 '햄버그스테이크가 맛있는 집'이라는 간판 메뉴로 영업을 하기가 어렵다. 메뉴가 계속 바뀌는 상황에서 단골손님을 만들기 위해서는 메뉴가 아니라 그 가게만의 매력으로 손님을 끌어당겨야 한다. '그 식당에 가면 맛있는 음식을 먹을 수 있다', '메뉴는 매일 바뀌지만 내 입맛에 딱 맞다'라는 식으로 가게 자체에 대한 기대치, 브랜드를 높여야 한다. 손님에게서 메뉴를 고르는 즐거움을 빼앗았으니 그 즐거움을 뛰어넘는 장점을 제공해야 하는 것이다. 만약 오늘의 메뉴가 '평범한 돼지고기 생강구이 정식'이라면 손님은 메뉴를 고르는 즐거움이 있는 다른 가게로 가버린다.

요리를 하는 사람들에게 미래식당에는 1일 1메뉴밖에 없다고 하면 "1일 1메뉴라니 좋네요. 사실 저도 그렇게 하고 싶어요. 하지만 이 업계에 오래 있다 보면 그렇게는 안 되네요"라며 쓴웃음을 짓는 경우가 종종 있다. 이런 사람들에게 나는 직장생활을 하던 사람이 뭘 몰라서 겁도 없이 '매일 바뀌는 한 가지의 메뉴'를 선택했고, 어쩌다 보니 운 좋게 성공한 것처럼 보일 것이다.

결코 운이 좋아서가 아니다. 매일 바뀌는 한 가지의 메뉴는 가게의 브랜드가 없으면 운영이 어려워지는, 위험요소가 상당히 큰 방식이다. 계절에 어울리는 음식을 만들고, 일주일 식단의 균형에 신경 쓰고, 많은 식재료를 쓰려고 하는 것도 이렇게 하지 않으면 손님이 '이식당에 오길 잘했다'고 생각하지 않을지 모르기 때문이다.

손님들 마음속에 '미래식당 음식이라면 괜찮다'는 생각이 자리 잡고 있기 때문에 일반 식당에서는 너무 소박해 메뉴로 올리기 힘든 것도 내놓을 수 있다. 예를 들어 '정어리 빵가루 그릴 정식'이라는 메뉴를 만든 적이 있다. 정어리에 버터와 빵가루를 묻혀 그릴에 구운 음식인데 빵가루에 정어리기름이 스며들어 아주 맛있다. 그런데 만약 이 음식이 식당의 메뉴판에 올라가 있다면 주문하는 사람이 거의 없을 것이다. 무슨 음식인지 알 수 없기 때문이다. 하지만 미래식당에서는 만들겠다고 생각만 하면 '정어리 빵가루 그릴 정식'처럼 그날의 메뉴가 되기 때문에 많은 사람이 먹을 수 있다.

다양한 메뉴로 인기를 끌려고 하는 경우, 육류가 중심이거나 소금과 기름이 많이 들어간 '외식 메뉴'가 되기 십상이다. 하지만 미래식당은 그렇게 하지 않고 내가 권하고 싶은 건강한 음식을 손님께 드린다. 이렇게 가게를 운영할 수 있다는 것은 요리를 하는 사람에게는 과분할 정도로 감사한 이야기다.

참고로 이 '정어리 빵가루 그릴 정식'은 조리법을 묻는 사람이 많았고, 도시락 메뉴로도 괜찮을 것 같다며 집에서 한번 만들어보겠다고 할 정도로 호평을 받았다(참고로 빵가루에 으깬 견과류를 함께 넣어 씹히는 식감을 좋게 만든 것이 포인트다).

규모에 따라 다르게 생각한다 난이도 ★★★★★

패밀리레스토랑에 메뉴가 단 한 가지밖에 없다고 생각해보자. 이용하기 불편한 가게라는 생각이 들 것이다. 왜 그럴까? 단체손님과 '한 가지의 메뉴'가 어울리지 않기 때문이다. 패밀리레스토랑에는 3명 이상의 손님이 올 경우를 예상하고 만든 테이블 자리나 소파 자리가 많다. 그래서 '한 가지의 메뉴'가 부자연스럽게 느껴진다.

그렇다면 왜 단체손님과 '한 가지의 메뉴'는 양립할 수 없을까? 왜냐하면 단체손님이 그 패밀리레스토랑에 오기 위해서는 만장일치로 취향을 맞춰야 하기 때문이다. 예를 들어 한 사람이 '고등어 된장 정식'이 먹고 싶다고 말할 확률을 0.6이라고 하자. 그러면 4명 모두가 '고등어 된장 정식'을 먹자고 할 확률은 단순계산으로 $0.13(0.6^4)$이 나온다. 아주 낮은 확률이 되는 것이다. 단체손님 중 한 명이라도 "나는 생선이 별로야"라고 말한다면 그 단체손님 전원을 받을 수 없게 된다.

또 하나의 이유는 일반적인 규모의 음식점에서 메뉴를 한 가지로 통일하면 노력과 인원의 균형이 맞지 않게 된다. 예를 들어 자리가 50개인 음식점에서 메뉴를 한 가지로 통일한다고 가정해보자. 재료 준비는 혼자서 할 수 있을지도 모른다. 하지만 이 정도 규모의 음식점 주방이라면 혼자서 요리를 하면서 뒷정리까지 하기는 힘들다. 그래서 주방에 최소 3명은 있어야겠다는 생각을 하게 된다. 그렇게 되면 3명분의 인건비를 벌어야 하기 때문에 손님 역시 3배로 늘려야 한다. 이런 상황에서 단체손님을 놓칠 가능성이 높은 '한 가지의 메뉴'를 고집한다면 가게를 운영해갈 수 없다. 메뉴 수를 다양하게 해서 단체손님이 올 수 있는 가게를 만들어야 한다.

그에 반해 미래식당은 자리가 12개밖에 없는 작은 식당이다. 혼자서 모든 걸 하기 때문에 손님을 무리하게 끌어들일 필요가 없다. 그날의 메뉴가 마음에 들어서 오는 손님이나 단골손님만으로도 충분히 채산이 맞다. 비유를 하면 미래식당과 일반식당은 메뚜기와 자동차 같다고 할 수 있다. 자동차는 메뚜기보다 빠르지만 휘발유가 필요하고, 무엇보다 먼저 자동차 자체가 있어야 한다. 하지만 메뚜기는 폴짝폴짝 가볍게 뛰어서 앞으로 나아갈 수 있다. 가볍기 때문에 인건비도 많이 들지 않고, 손님이 별로 없어도 충분히 운영할 수 있다. 그래서 모든 사람을 겨냥해 메뉴를 만들지 않아도 된다. 가게를 처음 시작할 때 메뚜기 유형으로 운영하겠다고 생각하지 않으면 '한 가지의 메뉴'는 무리다.

한끼알바생은 손님이기도 하고
종업원이기도 한 이상한 위치에 있다.
돈으로 고용하고 있지 않기 때문에
가게와 한끼알바생의 위치는 대등하다.

2장

손님이 일하는
한끼알바

◆
직접 해본 한끼알바

평소보다 긴장을 하면서 먹어서인지 금방 배가 불러왔다. 찻잔을 한 손에 들고 주인인 세카이 씨에게 말을 걸 기회를 엿봤다. 미래식당에 몇 번이나 왔지만 오늘은 평소와 달랐다. 이번에는 꼭 한끼알바를 신청하자고 마음먹고 왔기 때문이다.

"한끼알바에 관심이 있는데요……."

좀처럼 책에서 눈을 떼지 않는 세카이 씨를 기다리다 지쳐 작은 목소리로 말을 걸었다.

"감사합니다. 날짜는 정하셨나요?"

"다음 주 수요일 오전 시간대가 비어 있으면 그때에……."

"비어 있어요. 성함이?"

"다지마입니다."

"네. 다지마 씨, 지금 '한끼알바 캘린더'에 성함을 적어놓을게요. 그리고 미래식당 홈페이지에 있는 '한끼알바 가이드'를 수요일까지 읽고 와주세요."

어라? 맥이 팍 풀릴 정도로 신청이 쉽게 끝났다. 음식점 근무 경험은 필요 없다고 홈페이지에 적혀 있었는데 아무래도 진짜인가 보다. 이런 종류의 아르바이트를 해본 적이 없어 거절당할 줄 알았는데 괜찮은 것 같다. 세카이 씨에게 "정말 나라도 괜찮아요?"라고 직접 묻지는 못하고, 대신 몰래 스마트폰으로 미래식당 홈페이지에 들어가봤다. 홈페이지에 있는 캘린더를 확인해보니 확실히 수요일 오전 시간에 내 이름이 적혀 있었다. 왠지 멋쩍어졌다.

"감사합니다. 잘 부탁드립니다."

"조심해서 들어가세요."

감사 인사를 하고 미래식당을 나왔다. 나가기 전에 뒤를 돌아보니 세카이 씨는 다시 책을 읽고 있었다.

내일 드디어 한끼알바를 하는 날이다. 불안한 마음에 다시 한 번 '한끼알바 가이드'를 읽었다. 의외로 세세한 부분까지 적혀 있어 모두 기억할 수 있을지 불안했다. 실수하면 어쩌지? 하지만 이제 와서 안 하겠다고 할 수도 없는 일이다. 가이드를 보니 한끼알바도 다양한 시간대로 나뉘어 있었다. 나는 오전 시간대니까 쓰레기를 버리거나 손님 맞을 준비를 할 것 같았다. 잘할 수 있을까? 어쨌든 오늘은 일찍 자자.

다음날.

"안녕하세요."

"안녕하세요. 잘 부탁드립니다. 거기에 머릿수건이랑 앞치마가 있으니까 착용해주세요. 특히 앞머리 안 나오게 잘 넣어주세요."

아침의 미래식당은 불을 반만 켜놔서 아직 문을 열기 전이라는 분위기가 물씬 풍겼다. 서둘러 준비를 하고 지정된 신발 커버를 신었다. 걸을 때 느껴지는 푹신푹신한 감촉에 당황하자 칼질을 하고 있던 세카이 씨가 고개를 들어 이쪽을 봤다.

"이런 신발 커버는 식품 공장에서나 사용하지 일반 음식점에서는 사용하지 않아요. 하지만 이곳은 여러 사람이 일을 도와주러 오기 때문에 주방을 깨끗하게 유지하기 위해서 신고 있어요."

'오호, 그렇구나'라는 생각이 들었다. '일반 음식점'에서 일한 경험이 없어서 잘 모르긴 하지만.

"싱크대에서 손을 씻고, 보리차 준비를 해주세요."

헤맬 새도 없이 지시를 받았고 그때부터 계속 정신없이 움직였다. 세카이 씨는 계속 가지를 썰었다. 이야기를 들어보니 매일 70인분 정도를 준비한다는데, 그 양이 정말 어마어마했다.

"그럼 이제 같이 반찬을 담을까요?

음식물 쓰레기와 식재료 박스 등 아침에 나온 쓰레기를 버리고 오자 세카이 씨가 새로운 일을 시켰다. 세카이 씨가 정식에 나갈 작은 그릇이 담긴 쟁반을 작업대에 늘어놓기 시작했다. 눈 앞에 자그마한 접시가 잔뜩 있었다. 아무래도 여기에 반찬을 담나보다. 경험이 전혀 없는 나에게 이런 일을 시키다니 너무 무모한 거 아닌가?

"이 네모난 접시에, 오늘은 경수채조림을 담죠. 이렇게 해서 접시의 왼쪽 모퉁이 방향이 가장 높도록 삼각형으로 잘 담고, 경사진 부분에 두부를 올려요."

보기 좋게 착착 담는 세카이 씨. 집게를 건네받고 본 대로 흉내 내서 도전했다. 세카이 씨는 큰 냄비를 저으러 갔다. 오늘은 햄버그스테이크조림. 햄버그스테이크 70인분이 들어간 커다란 냄비를 자그마한 세카이 씨가 젓고 있으니 냄비가 훨씬 더 커 보여서 웃음이 났다. 웃고 있을 여유는 없었지만.

"어때요? 잘돼요? 좀 더 높이를 높이는 게 좋아요. 담을 때 높낮이를 다르게 하면 훨씬 정갈해 보이죠."

좋은 공부가 되었다. 집게를 잡는 방법부터 배워 다시 도전했다. 묵묵히 작업을 했더니 경수채조림의 양이 점점 줄어들었다. 쟁반에는 세 종류의 접시가 9개씩, 총 27개의 접시가 놓여 있었다. 9인분이다. 이런 쟁반이 6개 있으니까 54인분인데, 문을 열기 전까지 다 끝내지 못할지도 모르겠다.

경수채조림, 두부, 요구르트 샐러드, 고구마 고기 된장무침, 곤약 산초조림을 작은 접시에 모두 담았다. 힘들었지만 하나하나 보기 좋게 담기 위해 집중했더니 눈 깜짝할 사이에 시간이 지나갔다.

"10시 50분, 문 열기 10분 전이에요. 다지마 씨, 50분이 다 됐네요. 배 안 고파요?"

정신을 차리고 보니 벌써 끝날 시간이 다 됐다.

"아, 배고파요."

"그래요. 썼던 머릿수건이랑 앞치마는 찬장 검은색 주머니에 넣어주세요. 수고하셨어요."

옷매무새를 정리하고 손님 자리에 앉자 오늘의 '햄버그스테이크조림' 1호가 쟁반에 담겨 나왔다. 내가 담은 반찬 접시. 왠지 이렇게 보니 괜찮은 것 같다. 다행이다.

"고생 많으셨어요. 오늘 어땠어요?"

세카이 씨가 문 열기 전 마지막 정리를 하며 말을 걸었다. 가게 불을 다 켜니 평소의 미래식당이다. 그러고 보니 아침부터 줄곧 이야기다운 이야기는 하나도 나누지 못했다. 하지만 어딘지 모르게 좀 더 친해진 것 같은 기분이 들었다.

"처음에는 긴장했는데 정말 눈 깜짝할 사이에 지나갔어요."

중얼중얼 대답하고 정신없이 밥을 먹었다. 몸을 움직이고 난 다음에 먹는 밥은 정말 맛있다. 정신을 차리고 보니 다른 손님들도 들어와 있었고 가게는 금세 북적북적해졌다. 그러던 중 쭈뼛쭈뼛 들어오는 사람이 있었다.

"저기, 한끼알바로 온 야마다인데요."

"안녕하세요. 저기 선반에 앞치마랑 머릿수건이 있으니까 착용해주세요."

그렇다. 점심시간대의 한끼알바생이었다. 그런데 보고 있자니 앞치마가 어디 있는지 몰라 곤란해 하고 있는 것 같았다.

나는 바쁜 세카이 씨 대신 선반으로 가서 앞치마와 머릿수건이 어디에 있는지 가르쳐주었다.

"앞머리 안 나오게 잘 넣으래요."

고맙다는 인사를 하고 옷을 갈아입으러 간 한끼알바생을 보며 나도 슬슬 돌아갈 준비를 했다. 오늘은 오전 근무만 쉬는 날이라 지금부터 일을 하러 가야 한다.

"잘 먹었습니다. 또 올게요."

"저야말로 오늘 고마웠어요. 다녀오세요!"

손을 흔들며 배웅을 하는 세카이 씨 때문에 당황하며 미래식당을 나왔다. 뒤돌아보니 좀 전의 한끼알바생은 벌써 점원처럼 일을 척척 하고 있었다.

평소에는 후배들이 '귀신 팀장'이라 부르며 무서워하는데, 그런 내가 허둥대며 일을 했다고 말하면 다들 웃겠지?

요즘 바빠서 요리할 시간도 없었는데 오늘 먹은 햄버그스테이크조림은 집에서 한번 만들어보고 싶었다. 마요네즈를 넣으면 부드러워진다고 세카이 씨가 가르쳐줬으니 한번 시도해봐야겠다.

그나저나 점심시간대의 한끼알바생, 뭔가 자신감이 없어 보였는데 괜찮으려나? 하지만 생각해보면 나도 그랬지 뭐. 어딘지 모르게 대화하기 좋은 사람 같았는데, 다시 만날 수 있었으면 좋겠다.

다음에는 점심시간대에 한번 해볼까? 손님이 있는 미래식당에서 일하면 어떤 느낌일까?

오늘은 오후부터 마라톤 회의가 있다. 하지만 왠지 평소보다 더 힘을 낼 수 있을 것 같은 기분이 든다. 눈 깜짝할 사이에 진보초 역에 도착해 개찰구를 통과했다. 이상한 시간이었다. 하지만 즐거운 시간이었다.

잘 먹었습니다. 다녀오겠습니다!

어떤가? 2016년 11월 현재, 미래식당은 문을 연 지 1년 2개월 정도 되었다. 지금까지 총 400명이 넘는 한끼알바생이 미래식당을 도와주었다. 이 이야기는 한끼알바생의 눈으로 본 미래식당의 어느 하루다.

누구라도 미래식당에서 일을 할 수 있는 시스템 '한끼알바'. 지금까지 없었던 이 새로운 형태의 시스템이 어떻게 돌아가고 있는지, 또 목표가 무엇인지, 설명이 서툴긴 하지만 그래도 잠깐 들어주었으면 좋겠다.

한끼알바가 가게에 도움이 될까?

앞에서도 이야기했듯 미래식당은 나 고바야시 세카이가 혼자 운영하고 있고, 종업원은 한 명도 없다. 하지만 미래식당에는 한끼알바라는 시스템이 있어 매일 다양한 사람들이 일을 도와준다. 목적은 다 다르겠지만 의욕을 가지고 열심히 도와준다는 의미에서는 모두 소중한 분들이다. 한끼알바가 있기 때문에 혼자서 만들면 시간이 많이 걸리는 음식(구운 다음에 잘라서 나가야 하는 스테이크 등)도 메뉴로 나갈 수 있고, 혼자서는 하기 힘든 청소(조명이나 천장 닦기, 주방 덕트 닦기)도 자주 할 수 있다. 주방을 보고 너무 깨끗하다며 놀라는 사람도 있는데, 주방이 깨끗한 건 전부 한끼알바생들 덕분이다. 모두에게 고마울 따름이다.

하루에 최대 7종류의 시간대로 나눠져 있기 때문에 아침부터 밤까지 계속 다른 사람이 한끼알바를 하러 오는 경우가 많다. 한끼알바를 하러 온 사람과 끝나고 가는 사람이 서로 가르쳐주며 릴레이처럼 한끼알바가 계속 이어지는 모습을 보고 있으면 자식이

나 손자가 일을 도와주는 가게의 주인 할머니가 된 것 같은 느낌이 든다. 그것도 아주 복 많은 할머니.

하지만 이 한끼알바를 '50분에 한 끼를 공짜로 준다니 가게에 오히려 손해 아니야?'라고 생각하는 사람도 있을 것이다. 우선 이 문제부터 풀어보도록 하자.

'300엔'이 '900엔'의 가치로

'50분 일하면 한 끼가 무료!' 미래식당은 한 끼 가격이 900엔(약 9,000원)인 정식집이기 때문에 한끼알바생의 시급은 대략 1,000엔(약 10,000원)의 가치가 있다고 할 수 있다. 도쿄 내 음식점 아르바이트의 평균 시급이 1,000엔 정도인 것을 감안하면 타당한 숫자라고 할 수 있다. 하지만 이것을 돈으로 주는 것이 아니라 한 끼 식사로 제공한다. 일반적인 음식점에서 말하는 '원가 30퍼센트'에 대입해 생각해보면, 300엔(900엔의 30퍼센트)으로 50분 동안 일할 사람을 고용하는 것이라고 할 수 있다.

물론 '고작 한 끼 먹겠다고 1시간 가까이를 공짜로 일한단 말이야? 학생이면 몰라도 나는 못할 거 같아'라고 생각하는 사람도 있을 것이다. 그런데 한끼알바생들의 직업을 살펴보면 80퍼센트에 가까운 사람들이 직장인이다. 50분 일하고 한 끼 먹는다는 것은 평소의 업무와 비교해보면 분명 채산에 맞지 않을 것이다. 하지만 음식점을 열고 싶은 사람이나 요리를 배우고 싶은 사람에게는 밀도 높은 50분이 된다. 실제로 한끼알바를 하러 오는 사람들을 보면 단순히 한 끼를 먹기 위해 일한다기보다는 식사 이외의 부분에서 매력을 느껴서 오는 경우가 대부분이다.

손님도 종업원도 아닌 제3의 존재

한끼알바를 하기 위한 조건은 단 하나, '한 번 이상 손님으로 미래식당에 왔던 사람'이어야 한다는 것이다. 노동의 대가로 돈을 받는 것이 아니기 때문에 고용에 해당되지 않는다. 그래서 나이제한도 없다. 한끼알바생은 손님이기도 하고 종업원이기도 한 이상한 위치에 있다. 돈으로 고용하고 있지 않기 때문에 가게와 한끼알바생의 위치는 대등하다. 가게 쪽에서 손님에게 안 좋은 뭔가를 숨기고 있다고 가정할 때, 그것을 알게 된 한끼알바생에게 입 다물고 있으라고 강요할 수 없다. 50분이 끝나면 한끼알바생은 손님이 된다. 숨기는 것이 있는 가게에서는 이렇게 손님이 자유롭게 주방에 들어오도록 할 수 없을 것이다. 만약 손님이 "50분 동안 일하면서 내부사정을 알고 나니 거기서는 밥을 못 먹겠더라"라고 이야기하면 큰일이다.

매일 불특정다수(그것도 손님)가 주방에 들어오기 때문에 내가 느끼는 긴장감이 장난이 아니다. 그래서 주방을 깨끗하게 유지하지 않을 수가 없다. 원래 느긋한 성격인 내가 다른 가게들보다 더 열심히 청소하는 것은 바로 이 한끼알바라는 시스템이 있기 때문이다. 내일 오는 한끼알바생에게 책잡히지 않기 위해서 나는 오늘의 한끼알바생과 함께 열심히 청소한다.

하지만 이와 동시에 한끼알바생은 손님에게 봉사하는 사람이기도 하다. 그렇기 때문에 손님이 봤을 때 불쾌할 수 있는 말과 행동을 엄격하게 금지하고, 안전하게 일할 수 있도록 반드시 규칙을 지키게 한다. 한끼알바생 중에는 회사에서 높은 위치에 있을 것 같은 연배의 사람들도 있다. 하지만 미래식당의 주방에 들어오면 같이 일하는 동료가 되기 때문에 신분은 무의미해진다. 대접받는 위치가 아니라 대접하는 위치에서 최선을 다하도록 옆에서 함께 노력하고 있다.

보통 음식점에는 종업원(돈을 받는 사람)과 손님(돈을 지불하는 사람) 이 두 가지 위치밖에 없다. 하지만 미래식당의 한끼알바는 이 두 가지의 중간쯤 새로운 위치에 있다. 이런 위치가 이상하다고 느껴질지도 모르겠다. 하지만 일하는 방식이 다양해지고 있는 지금, 음식점에 새로운 방식이 생겨도 이상하지 않다.

이런 생각은 회사원 시절의 내 경험과 관계가 있을지도 모르겠다. 앞에서도 이야기했듯이 나는 시스템 엔지니어로 일했다. 시스템 엔지니어는 이른바 노트북이 있으면 어디서든 일을 할 수 있는 직업이다. 회사의 정해진 자리가 아니라 카페 같은 곳에서 일을 하기도 하고, 재택근무도 가능하다. 또 지식을 혼자 알기보다 주변 사람과 공유해 회사의 울타리를 뛰어넘는 새로운 제품을 만들어내는 경우도 많다. 이런 방식을 경험했기 때문에 한끼알바와 같은 새로운 형태를 떠올릴 수 있었는지도 모른다.

음식점에 IT 방식을 접목시키다

최근 IT업계에서는 새로운 일하는 방식으로 '클라우드 리소스'가 주목을 받고 있다.

클라우드 리소스(cloud resource): 업무를 세분화해서 한 사람 한 사람이 부담 없이 일하는 방식으로, 전체를 모으면 하나의 큰 일이 되는 작업 스타일. 예를 들어 전화번호부를 데이터화하는 일처럼 단순 작업을 500명이 분담할 때, 한 사람의 작업시간을 5분 등의 짧은 시간으로 정해 누구라도 쉽게 일을 할 수 있도록 만든다. 그러면 시간이 있을 때 잠깐 동안만 일하면 되어 일하는 쪽에게도 좋다. 손쉽게 참여하고 돈을 받을 수 있는 새로운 일하는 방식이다.

미래식당의 한끼알바는 이른바 요식업계의 클라우드 리소스다. 업무를 세분화해서 참여하기 쉬운 구조를 만들고, 부담을 최대한 낮춰 결과적으로 많은 사람이 일할 수 있도록 하는 시스템이다.

요식업계는 대부분 오랜 시간 노력해야 하는 세계다. 미래식당을 열기 전, 나는 여러 가지 노하우를 배우기 위해 그 세계에 들어갔다. 그때 일했던 한 유서 깊은 배달음식점에서는 5년 일한 정도로는 도시락에 밥을 담는 것도 할 수 없었다. 아직 이르다는 것이다. 주걱을 잡을 수 있는 사람은 오직 점장뿐이었다. 이처럼 허드렛일을 하는 시간이 5년, 10년이 당연한 세계에서 고작 50분으로 다양한 일을 할 수 있는 한끼알바는 확실히 전례가 없는 방식이다.

'50분 동안 가치를 창출하는' 일에 열을 올리게 된 이유는 노하우를 배우러 다니던 시절의 괴로운 기억 때문일 것이다. 노하우를 배울 만한 곳을 찾고 있던 어느 날이었다. '이거다'라고 생각한 정식집에 무작정 뛰어 들어가 주인에게 이렇게 말했다.

"정식집을 열고 싶습니다! 무급이라도 좋으니까 3개월만 일하게 해주세요."

"3개월만 일할 거라면 오히려 가르칠 수 없지."

이런 대답이 돌아왔다. 그 정식집만이 아니었다. 몇 번이고 몇 번이고 이렇게 거절당했다. 그때마다 이런 생각을 했다.

'의욕이 넘치는 젊은이가 와서 무급으로라도 일하겠다는데, 그 노동력을 효율적으로 활용하지 못하는 것은 뭔가 구조적인 결함이 있다는 의미 아닐까? 나라면 정말 효율적으로 활용할 수 있는데. 설령 3개월, 아니 1개월, 일주일, 하루, 단 1시간만 일해도 도움이 되도록 만들 수 있을 텐데. 3개월밖에 일할 수 없다는 것을 이유로 거절하다니, 너무 이상하다.'

이런 마음이 한끼알바라는 미래식당만의 독특한 시스템으로 이어졌다.

한끼알바의 사고방식

"그런데 도움이 안 되는 사람이 오면 어떻게 해요?"라고 묻는 사람도 있다. 맞는 말이다. 하지만 이런 지적에는 한 가지 빠진 것이 있다. 바로 한끼알바가 기존의 아르바이트 시스템과 다르다는 점이다.

'도움이 안 된다'는 것의 의미는 결과물과 지급하는 돈의 채산이 맞지 않는다는 뜻이다. 일반 음식점 알바생의 시급은 1,000엔(약 10,000원)이다. 그에 비해 미래식당에서 지급하는 돈은 앞에서도 이야기한 것처럼 원가로 환산하면 '300엔(약 3,000원)'이 좀 안 된다. 사실 가게 주인들은 알바생을 고용할 때 '이것도 저것도 했으면 좋겠다'고 욕심을 낸다. 하지만 잠깐 일하는 사람에게 너무 높은 기대를 하는 것도 이상하지 않을까?

예전에 귀가 들리지 않는 사람이 "한끼알바를 하고 싶습니다"

며 온 적이 있다(우리는 필담으로 대화를 나눴다). 당시 나 역시 당황했다. 하지만 찾아보면 그 사람이 할 수 있는 일이 반드시 있을 것이라 생각했다. 그 한끼알바생은 젓가락봉투에 젓가락을 넣는 작업을 했다. 젓가락은 하루에도 수십 개를 쓰지만 봉투에 넣는 것은 시간이 많이 걸리니, 이런 일을 해주면 그보다 더 좋을 수 없다.

무엇보다 그 사람이 할 수 있는 일을 시켜야 한다. 도움이 되는가를 판단하는 것이 아니라 그 사람이 할 수 있는 일을 줘서 도움이 되도록 만드는 것, 이게 바로 한끼알바의 사고방식이다.

단순작업도 충분히 도움이 된다. 예를 들어 바닥 청소를 하루세 번 하는 것과 한 번 하는 것 중 어느 쪽이 더 깨끗할까? 미래식당에서는 매일 많은 사람이 주방 벽이나 바닥을 닦기 때문에 항상반짝반짝 깨끗하다. 천장을 닦는 것과 같이 보통은 손을 댈 수 없는 일도 도움을 받으면 할 수 있다. 한 명 한 명의 기술은 좋지 않아도, 그 일손이 쌓이고 쌓이면 큰일을 해낼 수 있다. 이것이 바로클라우드 리소스를 적용한, 미래식당의 사고방식이다.

정말로 '도움이 안 되는 사람'이 온다면?

"무슨 생각인지는 알겠어요. 하지만 그래도 정말로 도움이 안되는 사람이 오면요?"라고 다시 묻는 사람도 있다. 다들 반신반의한가보다. 먼저 말해두고 싶은 것은 누가 봐도 불성실한 것 같거나 청결하지 못한 사람은 거절하기도 한다. 예전에 "네가 하면 나도 하지", "뭐야 이게? 난 그런 말 못 들었는데"라며 하고 싶지 않은데 억지로 한다고 말하는 2인조의 신청을 딱 한 번 거절했다. 하지만 그때 말고는 거절한 적이 없다. 왜냐하면 도움이 안 된다고 생각한 사람에게 결과적으로 배운 것이 많았기 때문이다.

도움이 안 된다고 생각되는 건 어떤 사람일까? 예를 들어 예전에 "된장국은 먼저 저은 뒤 떠주세요"라고 이야기하자 5분 넘게 계속 냄비 속 된장국만 저은 사람이 있었다. 잠시 시간이 지난 뒤 다시 돌아봤더니 또 냄비 앞에 있었다. "된장국은 뜨기 전에만 잠깐 저으면 돼요"라고 말하면서도 나도 모르게 '대체 뭐하고 있는 거야?'라며 마음속으로 투덜거렸다. 그것 말고도 그 사람의 일하는 방식은 한숨만 나오는 게 많았다. 그 사람은 아마 이런 일 자체가 처음이라 긴장을 많이 했던 것 같다. 하지만 잠시 후 깨닫게 된 것이 있다. 바로 그 사람이 거스름돈을 건네는 방법과 손님을 대하는 방식이 매우 정중하다는 것이다. 손님에게 거스름돈을 건넬 때 동전을 따로 해서, 알기 쉽게 하나하나 세어가면서 주었다. 또한 손님에게 하는 인사 역시 다른 한끼알바생에 비해 정중했다. 그 사람을 보면서 나 자신이 손님을 대하는 태도는 어떤지 다시 한 번 생각할 수 있었다.

이렇게 내가 미처 몰랐던 것을 '깨닫게 해주는 것'이 한끼알바생 누구에게나 꼭 하나씩 있었다. 무의식중에 효율성을 따지던 나에게 초심을 되돌아보게 하는 사람도 있었다. 50분 동안 '아, 이럴 줄 알았으면 그냥 혼자서 할 걸……'로 시작해 '역시 누구에게나 배울 게 있어!'라고 결론짓게 되는 일련의 흐름은 정말 몇 번을 반복해도 신기했다. 이상하게 들릴지도 모르겠지만, 요즘 나는 한끼알바생을 '어떤 거대한 존재가 나를 위해 보내준 사람'이라 생각하며 만나고 있다.

물론 실수가 재발되는 것을 막기 위해 '초심자가 하기 쉬운 실수'를 모아서 가이드로 만드는 것도 필요하다. 하지만 그 이상으로 중요한 건 '그들에게 배울 수 있다'는 사실을 잊지 않는 것이다.

매뉴얼이 없어서 오히려 좋아지는 것

보통은 손님을 대할 때의 규칙 등 매뉴얼이 담긴 가이드를 읽고 난 후 한끼알바에 참가하도록 공지하고 있는데, 매뉴얼이 존재하지 않는 알바 시간대가 딱 하나 있다. 바로 야간 시간대, 폐점 후 정리를 하는 시간이다. 물론 폐점 후에도 쓰레기 버리기나 테이블 닦기와 같은 정해진 업무가 있다. 하지만 그 일이 끝나면 한끼알바생에게 행주를 건네며 "본인이 신경 쓰이는 곳을 이 행주로 닦아주세요"라고 부탁한다. 한끼알바생에 따라서 신경 쓰이는 부분이 가지각색이기 때문에, 내가 미처 생각지도 못했던 곳이 깨끗해진다. 양념통을 닦는 사람, 벽을 닦는 사람, 모서리나 조명을 닦는 사람도 있다. 만약 내가 매뉴얼을 만들어 "바닥과 천장을 청소해 주세요"라고 지시했다면 바닥과 천장은 깨끗해지겠지만 다른 곳에는 더러움이 쌓여갈 것이다. 한끼알바생들 각자가 스스로 생각한 부분을 청소하면 결과적으로 청소의 빈틈이 없어진다. 즉 '업무의 개인 의존도'가 줄어드는 것이다.

매뉴얼이 없으면 업무의 개인 의존도가 낮아진다고 하는, 언뜻 보기에는 모순처럼 보이는 이 사실을 깨달은 것은 노하우를 배우러 다니던 시절이었다. 예를 들어 쿠킹 스토브 정면은 반짝반짝 빛이 나는데 옆에 있는 작업대는 기름때가 낄 정도로 손을 대지 않은 채 방치하는 경우가 자주 있었다. 이렇게 된 원인은 선배들이 쿠킹 스토브를 닦으라는 지시는 하지만 작업대 청소에 대한 지시는 하지 않기 때문이다. 지시받은 내용만을 반복해서 실행한 결과, 깨끗한 곳과 그렇지 않은 곳의 차이가 커진 것이다.

앞에서 규칙화된 업무의 예로 테이블 닦기를 들었는데, 사실 이 것도 세세하게 지시를 하지는 않는다. 그래서인지 테이블 위에 있는 양념통을 들고 그 밑까지 닦는 사람도 있고, 양념통은 만지지도 않고 주변만 얼른 닦고 끝내는 사람도 있다.

얼핏 보면 앞사람이 꼼꼼하기 때문에 그렇게 닦도록 지시하는 편이 낫지 않을까 생각할지 모르지만, 뒷사람은 테이블 닦기를 금방 끝내기 때문에 다른 일을 할 시간이 늘어난다. 물론 계속 닦지 않은 채 놓아둔다면 곤란하지만, 흥미롭게도 꼼꼼하게 닦는 사람과 빨리빨리 닦는 사람은 대체로 반반이다. 여기서도 우리는 여러 사람의 참여가 결과적으로 업무의 개인 의존도를 낮춘다는 사실을 알 수 있다.

요리 경험이 없어도, 어려도 가능

"어떤 사람이 한끼알바를 하고 있나요?"는 실제로 많이 듣는 질문이다. 퇴근길의 직장인이나 근처의 대학생, 미래식당의 팬이나 새로운 비즈니스의 씨앗을 찾고 있는 사람, 미래식당에서 광고를 하고 싶은 사람, 음식점을 열기 위해 노하우를 배우려는 사람 등 다양한 사람이 한끼알바를 하고 있다. 예를 들어 퇴근길에 한끼알바를 하는 사람들은 자투리 시간을 이용해 몸을 좀 움직이고 다음 날 점심값을 버는 것이다.

"점심에 먹은 햄버그스테이크 맛있었어요."

"다행이에요. 다음 주는 뭐가 먹고 싶어요?"

저녁 한끼알바생과 이런 대화를 하며 일을 하기도 한다. 점심에는 손님이었지만 밤에는 동료가 되는 것이다.

남녀비율은 반반이다. 진보초는 직장인들이 많은 곳이기 때문에 퇴근하는 길에 한끼알바를 하러 오는 사람은 약 80퍼센트가 남자지만, 요리를 배우러 오는 한끼알바생은 여자가 많아서 전체로 보면 반반 정도다. 몸이 건장한 사람이 오면 천장 닦기 등 체력이 필요한 작업을, 요리를 배우고 싶어서 온 사람에게는 식재료 손질 등 그때그때에 맞게 업무를 할당한다. 한끼알바를 한 사람들끼리 친해지는 경우도 많아서, 함께 창업하기로 의기투합하여 계획을 발표하기도 하고 근처 직장인들끼리 술자리를 즐기기도 한다.

　참고로 둘째 주 토요일 밤에는 '한끼알바 감사의 날'을 열고 있다. 지금까지 한 번이라도 한끼알바를 했던 사람이라면 누구나 500엔(약 5,000원)에 배부르게 먹을 수 있는 날이다. 한끼알바생 중에는 다른 한끼알바생을 만나보고 싶다는 사람이 많았다. 평소에는 만날 일이 없는 한끼알바생들이 한자리에 모이는 기회를 만들기 위해 '한끼알바 감사의 날'을 시작했다. 처음 만나는데도 한끼알바생들은 금방 친해진다. 한끼알바라는 같은 경험을 했기 때문에 거리감을 좁히기 쉬워서인지도 모르겠다.

　대학생 한끼알바생들은 수업 이야기로 이야기꽃을 피우기도 하고, 가게를 열고 싶다고 사업계획서를 가지고 온 한끼알바생은 다른 한끼알바생에게 의견을 듣기도 한다. 사실 한끼알바생들이 어떤 이야기를 주고받는지, 주방 안에 있는 나는 잘 모른다. 하지만 절대 만날 일이 없을 것 같은 사람들이 모여 와자지껄하게 즐기는 모습을 보고 있으면 나 역시 기분이 좋아진다.

연령층도 다양하다. 중학생부터 퇴직한 60대까지 있다. 중고등 학생들에게 "이렇게 시간을 충실히 보낸 건 처음이에요"라는 말을 들은 적이 몇 번 있어 오히려 내가 더 기뻤다. 중학생 한끼알바도 있다고 말하면 일을 시키기엔 너무 어리지 않냐며 놀라는 사람이 많은데, 열심히 한다면 나이는 상관이 없다.

위생, 절대 어겨서는 안 되는 규칙

불특정다수가 주방에 들어오는 한끼알바의 방식을 보고 가게의 위생을 의심하는 사람도 있다. 물론 음식점에서 가장 중요한 것은 위생이다. 불특정다수가 주방에 들어온다고 해서 손님에게 불신을 준다면 한끼알바 시스템은 다시 생각해야 할 것이다.

그래서 위생을 위한 규칙을 명확히 지키고 있다. 예를 들어 한끼알바생은 식품을 만져서는 안 된다. 그래서 칼을 잡을 수 없다. 하지만 보건소에서 위생검사를 받아 병원균 등을 보유하고 있지 않다는 사실이 증명되면 요리도 할 수 있다.

"당신은 한끼알바생이니까 단순작업만 해야 해"라며 할 수 있는 일을 못하게 하는 것이 아니라, 손님을 위해 지켜야 할 것을 지킨다면 하고 싶은 일을 할 수 있게 만들어준다. 현재 음식점을 하고 있거나 곧 음식점을 개업할 사람은 이미 위생검사를 받은 경우가 많다. 또 먼 곳에 살고 있는 사람들은 사전에 그 지역 보건소에서 위생검사를 받고 오기도 한다.

어떤 한끼알바생이 자기 레시피로 곁들임 반찬 만들기에 도전하는 것을 보고, 자신도 해보고 싶다며 위생검사를 받고 다시 온 경우도 있었다. 참고로 외국의 한끼알바생에게는 우리와 문화가 다르니 일본에 와서 위생검사를 받으라고 이야기해준다.

어느 날 "위생검사를 받고 왔습니다!"라고 의기양양하게 결과서를 들고 온 한끼알바생에게 여주 25개를 썰어놓으라고 말한 적이 있었다(그날 메뉴는 여주볶음 정식이었다). 그는 다음 한끼알바생에게 "꿈에 여주가 나올 것 같아요"라며 한탄을 하기도 했다.

다양한 곳에서 오는 사람들

요리에 관해서는 손님이 먹는 것이기 때문에 내가 전부 관여하지만, 실력을 갈고닦고자 하는 한끼알바생에게는 계속 도전의 장을 제공하고 있다. 그래서인지 국내외 많은 곳에서 한끼알바생이 방문한다. 이와테, 오사카, 교토, 하카타, 오키나와 등 국내뿐만 아니라 파리나 로스앤젤레스와 같은 해외에서도 온다. 많은 한끼알바생들이 미래식당에서 요리의 기본을 배우고 있다.

프랑스에서 온 한끼알바생은 일식을 배우고 싶다고 말했다. 그래서 그 사람이 한끼알바를 하러 오는 날의 메뉴를 고기 감자조림, 치킨 가라아게, 연어구이로 정한 뒤 정통적인 일식 스타일로 만들었다. "돼지고기 생강구이 만드는 법을 알고 싶어요"라고 서툰 일본어로 말하는 그 한끼알바생에게 다른 한끼알바생이 직접 재료를 사와서 가르쳐주기도 했다. "답례로 뭐 좀 만들게요"라고 해서 잘하는 요리가 뭐냐고 물었더니 "크렘브륄레요"라고 대답했다. 하지만 안타깝게도 가게 안에는 크림도 내열그릇도 없어서 만들지 못했다. 정통 프랑스식 디저트를 먹을 기회였는데 아쉽다.

한끼알바생들의 도전

한끼알바를 통해서 많은 사람이 실력을 쌓고, 그로 인해 세상 전체가 나아진다면 정말 멋진 일이다. 그렇다면 구체적으로 한끼알바생들은 어떤 도전을 하고 있을까?

미래식당은 하루에 방문하는 손님을 70명 정도로 보고 있다. 미래식당의 정식은 작은 곁들임 반찬이 세 가지 나온다. 채소 다듬기나 맛을 내는 법 등 기본적인 요리 기술을 이미 가지고 있는 한끼알바생은 우선 이 곁들임 반찬을 만든다. 하나하나의 곁들임 반찬은 작아도 70인분, 3일이라면 210인분을 만들어야 한다. 그래서 보통의 요리법과는 다른 특수한 기술이 필요하다. 양념 하나만 해도 보통의 70배라고 하면 그 양이 잘 와닿지 않는다. 매일 메뉴가 바뀌는 미래식당에서는 레시피화나 재료 계량을 하지 않아 모든 것이 눈대중이다. 그래서 요리를 하는 거의 대부분의 한끼알바생이 간 맞추기에 애를 먹는다. 신맛이 너무 강하기도 하고 너무 달 때도 있다.

곁들임 반찬을 어느 정도 만들 수 있게 되면 자신만의 레시피에 도전할 수 있다. 자기 고향의 향토요리를 선보이기도 하고, 식후 디저트를 만들기도 한다. 후쿠시마 출신의 한끼알바생이 향토요리라며 '당근 다시마절임'을 만들었는데 너무 맛있다고 손님들에게도 호평을 받았다. 사실 그 한끼알바생도 제일 처음에 만들었을 때는 물 넣는 양을 착각해 '질퍽질퍽한 당근 다시마절임'을 만들었다(웃음).

미래를 위한 실패 경험

언젠가 자기 가게를 내고 싶은 한끼알바생은 미래식당에서 먼저 실패를 경험해볼 수 있다.

이 이야기를 하자 "실패? 미래식당에서는 초보자가 만든 실패작을 손님들에게 내놓고 있는 건가요?"라며 화를 내는 사람도 있었다. 물론 그것은 오해다. 한끼알바생의 요리가 실패할 것 같을 때는 내가 개입해 궤도를 수정한다.

하지만 실패를 통해 배울 수 있는 것도 있다. 달걀말이를 예로 들면, 미래식당의 달걀말이는 구리로 된 달걀말이 팬을 사용해 굽는다. 그런데 이 팬은 업소용이라 크고 무겁다. 그래서 처음 달걀말이를 하는 한끼알바생은 대부분 태우고 만다. 달걀말이에 도전하는 한끼알바생이 있는 날은 달걀을 많이 주문해 여러 번 도전해보게 하고 있다. 미래식당에서 실패를 경험한 뒤 자기 가게에서는 예쁜 달걀말이를 만들 수 있도록 하기 위해서다.

참고로 태운 달걀말이는 준비가 끝난 다음에 한끼알바생과 내가 나눠 먹는다. 한끼알바생은 태운 달걀말이를 아주 분한 표정으로 먹는다. 이 마음으로 계속 도전해나가면 결국 멋진 달걀말이를 만들게 된다.

햄버그스테이크 모양이 찌그러진 경우에는 작게 잘라서 곁들임 반찬으로 바꾸기도 하고 푹 끓여서 스튜로 만들기도 한다. 메뉴가 하나로 정해져 있지 않기 때문에 실패를 해도 버리지 않고 활용할 수 있다. 이렇게 활용을 위한 아이디어를 내는 것도 한끼알바생에게는 좋은 공부가 된다. "모양이 망가진 달걀말이 위에 이렇게 샐러드를 올린 뒤 토마토소스를 얹고 파슬리를 뿌리면 그럴싸한 곁들임 반찬이 되네요"라며 감동하는 한끼알바생도 있었다.

도시락집 개업이 목표인 한끼알바생

6월 어느 날의 일이었다. 한 사람이 찾아와 한끼알바를 하고 싶다며, "내년 초에 도시락집을 열 생각이에요"라고 계획을 밝혔다.

남은 시간은 앞으로 반 년, 그리 길지 않았다.

"그러면 도시락 정식을 만들어보죠. 미래식당에서 만들고 싶은 도시락에 도전해주세요. 가게의 정식 가격은 900엔(약 9,000원)이니까 만들고 싶은 도시락이 500엔(5,000원)짜리라면 나머지 400엔(약 4,000원)어치는 제가 곁들임 반찬으로 만들게요. 미래식당에 맞추는 것이 아니라 자신의 가게에서 팔고 싶은 것을 떠올리며 만들어주세요."

조금 긴장한 듯한 한끼알바생에게 스케줄을 확인하고 3주 후로 날짜를 잡았다. 다른 한끼알바생이 이 도시락 정식 계획을 듣고는 응원하러 오겠다고 말하기도 했다. 그 한끼알바생은 도시락 크기에 맞춰 채소를 자르는 방법이나 원가와의 균형 등을 생각하면서 시험 제작을 4, 5회 반복했다. 보내준 사진 속 도시락은 모두 다 맛있어 보였다.

당일 문을 열기 전에 카운터 위에 도시락통을 쭉 늘어놓고 하나씩 반찬을 담았다. 반찬을 담는 작업에 생각 이상으로 많은 시간이 걸린다는 것을 한끼알바생도 배운 듯했다. 사실 나는 도시락집에서 일한 경험이 있어서 담는 데 꽤 많은 시간이 걸린다는 것을 이미 알고 있었다. 하지만 직접 경험해서 아는 것과 듣고 아는 것은 다르기에 일부러 말하지 않았다. 불행인지 다행인지 내 작전대로 문 열기 전까지 한끼알바생은 정신없이 반찬을 담았다.

카운터 앞에는 메뉴와 함께 "내년에 집을 개조해서 도시락집을 시작합니다"라는 인사문을 붙여 손님들에게 한끼알바생의 상황을 알렸다. 친구가 그 근처에 사니까 말해놓겠다고 하는 손님, 맛있는 수제 도시락이라고 칭찬하는 손님도 있었다. 이후 도시락집을 열기 전까지 한 달에 한 번 만든 이 도시락 정식은 한끼알바생에게 압박으로 느껴졌을지 모르지만 자신감을 얻는 데에는 큰 도움이 되었으리라 생각한다.

여러 사람의 지혜로 진화하는 가게

미래식당의 시스템은 '이 가게의 방식에 꼭 따라야 한다'는 것이 아니라 최소한의 규칙만 지킨다면 그 다음은 스스로 생각해서 일하도록 되어 있다. 다양한 한끼알바생이 도전하고 그 결과가 쌓이면서 미래식당 역시 점점 진화해가고 있다.

개업 초기에 나는 그릴을 잘 쓰지 못했다. 하지만 이탈리아 레스토랑에서 일하는 한끼알바생과 평소에 그릴을 자주 사용하는 이민자 한끼알바생에게 방법을 배워 지금은 능숙하게 사용할 수 있게 되었다. 햄버그스테이크를 구울 때 프라이팬이 아니라 그릴을 사용하면 단시간에 많은 양을 구울 수 있고, 눌어붙지 않기 때문에 육즙을 소스처럼 활용할 수 있다.

많은 한끼알바생이 식당에서 일을 처음 하기 때문에 새로운 관점을 가지고 주변을 살핀다. 그렇게 해서 찾아낸 아이디어들은 나에게 아주 귀중하다. 이런 여러 가지 지혜가 가게에 쌓이면 이는 결국 손님의 기쁨으로 이어진다. 미래식당에 노하우를 배우러 오는 한끼알바생보다 매일매일 더 많은 것을 배우는 사람이 바로 나일 것이다.

오래 근무하라고 붙잡지 않는 이유

종업원이 매일 바뀌는 수상한 가게지만 딱히 신경 쓰는 손님은 없다. 점심에 급히 식사하고 가는 근처 손님 중에는 한끼알바에 대해서 전혀 모르고, 한끼알바생들을 다른 가게 알바생과 비슷하다고 생각하는 사람도 있다.

음식점을 열기 위해 한끼알바를 하고 있는 사람들에게 내가 특별히 신경 쓰는 건 '붙잡지 않는 것'이다. 의욕도 있고 기술도 점점 좋아지는 사람을 놓치는 것은 솔직히 말해 아깝다. 하지만 내가 개업을 준비하며 여러 음식점에서 일했을 때 가장 힘들다고 느낀 것이 바로 이 '그만두는 일'이었다. 요식업계의 인재 부족이 심각하기 때문인지, 스스로 생각한 목표를 달성했다고 생각해 그만두겠다고 말을 꺼냈을 때 다들 붙잡았다.

"자기 가게를 낼 거라면 먼저 이 가게에서 최고가 되어야 해."

다들 이런 말을 하며 나를 붙잡았는데, 나는 한끼알바생에게 이런 말을 절대 하지 않는다. 이런 말로 사람을 붙잡는 것은 너무 교활하다. '내 가게를 낸다'는 목표를 '이 가게에서 최고가 된다'는 목표로 슬쩍 바꾸는 것이기 때문이다.

미래식당이라는 작은 세계에서는 내가 최고다. 하지만 이것은 내가 이 가게를 만든 사람이니까 당연한 이야기다. 이런 나만의 기준으로 한끼알바생을 평가하는 것은 예의가 아니라고 생각한다.

요리하는 손놀림이 어설프거나 레시피를 전혀 모르지만 창업하겠다고 하는, 조금 걱정되는 한끼알바생도 있는데 그것도 그거대로 붙잡지 않는다. 꼭 이 산에서 1등이 될 필요는 없다. 한끼알바생들 모두 자신만의 산을 향해 열심히 도전했으면 한다.

사적인 이야기는 묻지 않는다

지금까지 이런저런 이야기를 했지만 사실 한끼알바를 하러 오는 사람들이 어떤 사람인지 자세히는 잘 모른다. "왜 한끼알바를 하러 왔어요?", "평소에는 뭐해요?", "평일 이 시간에 온 거 보니 오늘은 쉬는 날이에요?" 등 사적인 것에 대해 물어본 적이 없다.

사실 한끼알바의 진짜 목적은 금전적으로 힘든 사람이 마음 편히 밥을 먹을 수 있도록 하는 것이다. 곤란하거나 힘들지만 말하고 싶지 않은 경우도 있는 법이다.

한끼알바를 하러 왔을 때 무리해서 뭔가 이야기하지 않아도 된다. 그냥 열심히 일해주기만 하면 된다. 그리고 따뜻한 밥을 먹고 갔으면 좋겠다. 한끼알바를 신청할 때 내가 담담히 대하는 것은 이런 생각이 밑바탕에 깔려 있기 때문이다.

일손이 필요한 시간에 한끼알바생이 오기 때문에 할 일은 당연히 산더미처럼 쌓여 있다. 그래서 이야기를 나눌 시간이 없다. 하지만 잠깐 한가해졌을 때 간혹 "사실 저도 예전에 음식점을 했어요. 그런데 뭐, 잘 안됐죠"라고 드문드문 자기 이야기를 하는 사람도 있다. 나는 담담히 듣고 있지만 결코 하나도 놓치지 않으려 노력한다.

손님과의 인연을 계속 이어가고 싶다

한끼알바는 손님과 인연을 끊지 않기 위해 만든 것이다. 이제다 틀렸다는 생각이 들거나 막다른 골목에 내몰렸을 때에 미래식당을 떠올려줬으면 좋겠다. 사회에서 내팽개쳐진 것처럼 느껴질 때의 마지막 안전망이고 싶다. 한끼알바는 당신이 어떤 상황에 있든 '미래식당에 가면 어떻게든 된다'는 생각으로 올 수 있도록 만든 시스템이다.

사실 모든 사람의 안전망이 되는 것은 불가능하다. 하지만 한 번이라도 가게에 와줬던 손님이 배가 고픈데 수중에 돈이 한 푼도 없는 상황이라면 어떨까?

"무슨 일인지 모르겠지만 일단 여기 와서 밥 먹어요."

이렇게 말하고 싶어지지 않는가? '그때는 맛있는 밥을 먹을 수 있었는데, 지금은 돈 없어서 못 가겠네'라고 생각하는 손님이 있다면 정말로 마음이 아플 것 같다. 다행히도 지금까지 한끼알바를 하러 왔던 사람 중에 그런 경우는 보지 못한 것 같다. 기쁜 일이다. 안전망은 쓰이지 않을 때가 가장 좋기 때문이다.

하지만 정말로 사정이 있는 사람이 없었는지는 잘 모르겠다. 자기가 힘든 상황에 처해 있다는 사실을 자진해서 말하는 사람만 있는 것은 아니다. 평범해 보였던 학생이나 직장인 중에도 힘들었던 사람이 있었을지 모른다. 하지만 굳이 알아야 할 필요는 없다고 생각한다. 말하고 싶지 않은 사람에게 무리해서 이야기를 들을 필요는 없기 때문이다.

돈 없는 사람도 편하게 올 수 있는 곳

가게를 열기 전부터 생각한 미래식당의 비전은 '누구라도 받아들이고, 누구에게나 어울리는 장소'다. 하지만 이런 생각을 했을 때 가장 어려웠던 것이 '돈 없는 사람'을 어떻게 마음 편히 오도록 만드는가 하는 문제였다.

비즈니스니까 돈 없는 사람까지 생각할 필요는 없다고 한다면 그것도 맞는 말이다. 실제로 많은 사람이 내 생각을 듣고 웃었다.

"비즈니스는 타깃을 좁히는 것이 중요해. 그런데 '누구라도 받아들이는 장소'라니 말도 안 돼. 타깃을 좀 더 좁혀야 해"라는 조언을 하기도 했다.

하지만 나는 그렇게 생각하지 않는다. 확실히 비즈니스 측면에서 보면 미래식당의 비전이 정답은 아니다. 하지만 이런 비전을 버린다면 그 순간 미래식당은 더 이상 미래식당이라 할 수 없다. 그렇다면 이 비전을 어떻게 적용하면 좋을지 나는 생각하고 또 생각했다.

그러던 어느 날 '도와주는 것 자체를 제도로 만들어 시스템에 집어넣으면 된다'는 사실을 깨달았다. 이 깨달음이 한끼알바를 만들어낸 계기가 되었다.

한끼알바를 인건비 절약을 위한 시스템이라고 생각하기 쉽다. 하지만 내가 한끼알바를 시작한 이유는 결코 인건비 절약 때문이 아니다. 오히려 누구라도 참여할 수 있도록 만든 결과 인건비가 절약된 것이다. 솔직히 이 시스템으로 인해 이익을 보고 있긴 하다. 하지만 단지 이익을 내고 싶을 뿐이라면 한끼알바는 그다지 좋은 시스템이 아니다. 다른 곳에서 이미 쓰고 있는, 이익을 많이 내는 시스템을 사용하지 않고 새롭게 만드는 것은 여러 가지 힘든 상황을 불러올 수 있기 때문이다.

미래식당의 DNA를 이어나가는 사람들

음식점을 열기 전에 노하우를 배우러 온 한끼알바생은 언젠가 자립해서 나간다. 그날을 위한 노하우 제공을 아까워한 적은 없다. 사업계획서나 도면 검토, 메뉴 시험 제작, 경쟁업체 둘러보기 등부터 시작해 당일치기로 지방에 가서 가게 운영에 관한 아이디어를 의논하기도 했다. 잠깐 일을 도와준 사람에게 어떻게 그렇게까지 하냐며 놀라는 사람도 있다. 하지만 고작 50분의 동료였다고 해도 나는 그 사람이 성공했으면 좋겠다. 그래서 그냥 가만히 두고 볼 수가 없다.

미래식당은 노하우를 비밀리에 전수해서 2호점을 내거나 체인점 사업을 목표로 하고 있지 않다. 돈벌이를 생각하면 바보 같아 보일지도 모른다. 하지만 눈앞의 이익보다 훨씬 더 중요한 것이 있다. 바로 이렇게 노하우를 공개해 요식업계 전체가 발전하는 것이다. 그리고 무엇보다 중요한 것은 바로 '미래식당의 DNA'가 이어진다는 것이다.

어떤 한끼알바생이 자기 가게에서도 한끼알바 시스템을 도입할 생각이라고 말했을 때 너무나도 기뻤다. 그 사람은 "저도 한끼알바를 통해 이렇게 많은 것을 배울 수 있었습니다. 무엇보다 모두 함께하니 일이 즐겁네요"라고 이야기했다. 이렇게 한끼알바 시스템이 널리 퍼져나가는 것은 무척이나 고마운 일이다.

한끼알바생들은 미래식당의 다양한 것들을 이어나간다. 요리 레시피는 물론이고 한끼알바나 맞춤반찬과 같은 시스템도 이어나간다. 그런데 나는 한끼알바생들이 무엇보다도 '사람을 받아들이는 자세'를 이어나갔으면 좋겠다.

"한끼알바를 해보고 싶은데요"로 시작해 일생에 단 하나뿐인 특별한 관계가 만들어진다. 한끼알바는 또한 초보자든 아니든 사람을 차별하지 않고 받아들이는 방법이기도 하다. 하지만 앞에서도 이야기했듯이 적응하기 힘든 사람도 있다. 그래도 편견 없이 받아들이려 노력한다.

한끼알바로 가게를 운영하는 것은 사실 쉽지 않다. 하지만 미래식당에서 한끼알바를 했던 사람이 자기 가게를 열었을 때, 비록 한끼알바 시스템을 만들지 않더라도 그 가게에 곤란한 상황에 처한 사람이 왔을 때 냉정하게 돌려보낼 가능성은 분명 낮다고 믿고 있다. 이것은 음식점 개업을 희망하는 한끼알바생에게만 해당되는 이야기는 아니다. 직장인이든 학생이든 '사람을 받아들이는' 자세는 분명 그 사람의 행동까지 바꿔갈 것이다.

앞서 한끼알바가 마지막 안전망이고 싶다고 말했다. '사람을 받아들이는' 안전망이 곳곳에 생긴다면 그보다 더한 기쁨은 없을 것이다. 그런 미래에 한발 더 가까워지기 위해 나는 오늘도 "처음 뵙겠습니다"라고 말하며 새로운 손님과 만나고 있다.

한끼알바

참여 가능한 시간대를 명시한다 `난이도 ★☆☆☆☆`

한끼알바 희망자가 특정 시간대에 몰리면 오히려 관리하기가 어려워진다. 스케줄표를 통해 비어 있는 시간대에 신청할 수 있는 형태로 만들자. 과도한 문의를 피하기 위해서도 스케줄표는 공개할 수 있는 형태가 가장 좋다. 미래식당의 한끼알바 일정은 구글 캘린더를 이용해 누구나 확인할 수 있도록 만들었다.

참고로 "일주일 내내 한끼알바를 하고 싶습니다"라며 멀리서 오는 희망자가 나타날 때는 스케줄표에 특별시간대를 만드는 방식 등을 사용해 유연하게 대응하고 있다.

사전에 업무를 문서화해둔다 `난이도 ★★☆☆☆`

사전에 가이드를 읽어 업무의 기본을 익히도록 하면 짧은 시간에라도 전력을 갖출 수 있다. 가이드에 꼭 들어가야 하는 내용은 다음과 같다.

① 손님을 대할 때의 규칙

한끼알바생은 가게의 얼굴이 되기 때문에 손님에게 실례가 되는 말과 행동을 해서는 안 된다. 해서는 안 되는 항목뿐만 아니라 '가게에서 중요하게 생각하는 것'도 써놓자.

예를 들어 미래식당의 한끼알바 가이드에는 "저를 부를 때는 세카이 씨라고 해주세요. 주방 안에서는 똑같이 손님 시중을 드는 몸이니까 '사장님'으로 부르면 손님이 오히려 불편해합니다"라고 써놓았다. 이렇게 가이드에 적어두면 한끼알바생들이 잘 지킨다. 반대로 적어두지 않으면 손쉬운 것도 놓치곤 한다. 가게에서 중요하게 생각하는 것이 무엇인지 다른 사람들은 잘 알지 못한다. 가게에 중요한 것이 무엇인지 확실히 언어화해서 공유하자.

② 해야 할 일의 사전 공유

어떤 일을 해야 하는지 미리 공유하자. 미래식당의 경우는 아침부터 밤까지 총 7시간대가 있기 때문에, 각 시간대에 하는 주요 업무를 간단명료하게 설명해두었다. '점심시간대: 주로 설거지, 손님 자리 정리, 재료 심부름을 합니다'와 같이 가이드에 적어, 한끼알바생이 막힘없이 일할 수 있도록 준비해놓자.

③물건들의 위치

어디에 무엇이 있는지 대략적으로 설명하자. 하지만 가이드에 있는
내용을 완벽하게 외우는 것은 불가능하니 대략적인 설명으로 불편
함이 없도록만 하자.

도구는 딱 보면 알 수 있도록 정리한다 난이도 ★★★☆☆

음식점에서 처음 일하는 사람이 많이 있기 때문에 필요한 도구가 어
디 있는지 알 수 있도록 정리정돈하는 것이 필수다. 그런데 설명하기
쉽도록 도구의 종류를 한정시키는 것이 오히려 정리정돈보다 더 중
요하다. 예를 들어 미래식당에는 대·중·소 3가지 크기의 볼밖에 없
다. 크기를 너무 세세히 나누면 "중간 크기의 볼을 주세요"라고 부탁
할 수 없기 때문이다. 색깔별 분류도 효과적이다.

개업 초기 소독용 알코올과 세제를 모두 무색 제품으로 사용했더
니 알코올을 써야 할 때 세제를 쓰는 등 잘못 사용하는 경우가 종종
있었다. 그래서 세제를 오렌지색 제품으로 바꿨다. 이때 잘못 사용한
사람을 탓해서는 안 된다. 업무의 개인 의존도를 줄여서 누구나 실수
없이 사용할 수 있도록 만드는 것이 중요하다.

그밖에도 자주 하는 실수가 "양념통에 소금이라고 적혀 있지만 사
실은 설탕이에요"라는 식으로 적혀 있는 것과 내용물을 다르게 넣는

경우다. 이런 실수는 처음 오는 사람이 많은 환경에서는 상당히 위험하다. 내용이 전달 안 되거나 잊을 위험이 있기 때문이다. 돈이 들더라도 적혀 있는 것과 내용물이 같도록 해야 한다.

개개인이 하고 싶은 일을 존중한다 난이도 ★★★★☆

한끼알바처럼 정규직보다 돈을 적게 받는 근무방식에는 여러 가지가 있다. 인턴을 예로 들어 생각해보자. 인턴 역시 돈을 적게 받지만 취업에 유리하다. 하지만 한끼알바에는 이런 이점이 없다. 그렇기 때문에 한끼알바생이 무엇을 원해서 한끼알바를 하러 왔는지를 파악해 제공하는 것이 중요하다. 원하는 것을 얻어 만족한 한끼알바생은 다시 한끼알바를 신청하게 된다. 가게 입장에서 보면 경험이 있는 한끼알바생은 어떻게 일을 해야 하는지 알고 있기 때문에 함께 일하기 좋은 귀중한 존재다.

그래서 나는 처음 왔을 때 "오늘 해보고 싶은 일이 있나요?"라고 묻고, 가능한 한 원하는 것에 가까운 일을 시키려 한다. 예를 들어 고객과의 커뮤니케이션을 원하는 사람, 음식점을 열고 싶은 사람, 요리를 배우고 싶은 사람 등 각자 하고 싶은 일은 모두 다르다. 특히 한끼알바생이 무엇을 원하는지 명확히 말하지 못해도 내가 알아차려 제공하려 노력한다.

'그런 식으로 하고 싶은 일을 시키다가 실수라도 하면 어떻게 하나?'라고 생각하는 사람도 있을 것이다. 이런 경우, 한끼알바생이 실수를 했다고 어이없어 하거나 무시하지 않는 것이 중요하다. 만약 한끼알바생이 실수를 해서 손님에게 야단을 맞았다고 하자. 그것은 한끼알바생이 아니라 책임자인 내가 야단맞아야 할 일이다. 내가 한끼알바라는 시스템을 택했기 때문이다. 선택을 할 때는 책임도 자기가 떠안을 각오가 필요하다. 한끼알바생은 의욕을 가지고 50분 동안 가게에서 열심히 일한다. 그것만으로 충분하다.

'그 녀석은 안 되겠어'라고 생각하는 것이 아니라 가이드에 그 실수를 기재해서 이후 반복되는 것을 예방하도록 하자. 사람에 따라 업무에 편차가 생기지 않도록 하는 것이 중요하다.

한끼알바생은 쓰고 버릴 수 있는 편리한 물건이 아니다. 이런 생각을 가지고 가게를 운영한다면 한끼알바를 신청하는 사람이 아무도 없을 것이다. 나는 '또 한끼알바를 하러 와줄까?'를 항상 생각하며 일하고 있다.

의지하면서도 의지하지 않는다 난이도 ★★★★★

한끼알바는 신청하는 사람이 있어야만 운영되는 제도다. 정해진 시간에 몇 명이 꼭 필요한 일이라면 한끼알바가 아니라 평범한 고용계약을 해야 할 것이다. 한끼알바 시스템을 활용하기 위해서는 한끼알바생이 한 명도 없더라도 가게가 무리 없이 돌아가도록 밑바탕을 만들어야 한다. 모순된 것 같지만 이것이 중요한 포인트다. 대신 '여분'의 힘을 남기지 않고 활용할 방법을 찾아야 한다. 미래식당에서는 나 혼자라면 재료준비에 5시간이 걸리는데, 한끼알바생이 오면 3시간 만에 끝난다. 이렇게 혼자서도 할 수 있지만 한끼알바생이 있으면 조금 더 나아지도록 시스템을 만들어야 한다.

일생에 단 한 번뿐인 커뮤니케이션에 익숙해진다 난이도 ★★★★★

매일매일 모르는 사람이 자기 영역 안에 들어오면 스트레스가 쌓인다. 재료준비 등으로 한창 바쁠 때 옆에서 "국자는 어디에 있어요?" "이제 뭘 하면 될까요?"라고 일일이 물으면 '혼자서 하는 편이 낫겠다'는 생각이 들지도 모른다. 사실 나도 몇 번이나 그런 생각을 했다. 하지만 여기가 꾹 참고 버텨야 할 부분이다. 무엇을 위해 한끼알바라는 시스템을 만들었는지 가슴에 손을 얹고 다시 한 번 생각해보자. 미래식당은 '누구라도 받아들이고, 누구에게나 어울리는 장소'를 만들기 위해, 적어도 한 번은 미래식당에 와줬던 사람과 인연을 끊지 않기 위해서 한끼알바 시스템을 만들었다. 잠시 스트레스가 쌓인다고 해서 한끼알바 시스템을 없앨 수는 없다.

대신 이를 극복할 방법을 찾아야 한다. 예를 들어 미래식당에서는 한가할 때에 시킬 일을 비축해두는 방법을 쓴다. 일을 잘할 수 있도록 만들어주면 분명히 도움이 되기 때문에 활용하지 못한다고 한탄하는 경우가 없어진다.

매일 새로운 사람이 있는 현장은 말하자면 매일 제로에서부터 다시 시작하는 것과 같다. '또야?'라는 생각이 들 때도 있다. 하지만 한끼알바를 통해 실현하고 싶은 것이 있다면 쉽게 그만두지 않길 바란다. 망설이고 있을 때는 '하는' 방향으로 생각했으면 좋겠다. 조금 앞서 걸어가고 있는 나도 응원하겠다.

누구라도 한 끼가 무료인 시스템, 무료식권.
이것은 한끼알바생이 50분 동안 일을 한 대가로 받은 식권을
이름도 모르는 누군가에게 주는 대가 없는 도움이다.

3장

누구나 공짜로,
무료식권

무료식권

가게 입구에 있는 무료식권을 떼서 계산할 때 내면

← 입구

여기에 붙어 있습니다

9/3 맛있게 드세요

날짜와 메시지가 적혀 있습니다.

한 끼가 무료입니다!

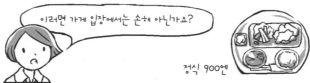

이러면 가게 입장에서는 손해 아닌가요?

정식 900엔

사실 이 '무료식권'은 '한끼알바'를 한 사람이 자기가 먹지 않고 두고 간 한 끼입니다.

수고하셨습니다.

※ 한끼알바에 대해서는 앞의 내용을 참고해주세요.

이거 쓸 수 있나요?

계산할 때 내시면 돼요

10/10 잘 먹었습니다

식권 뒷면에는 사용한 사람이 날짜를 적습니다.

메시지는 자유.

붙인 사람.

탁.

뗀 사람.

틱...

의외로 많이 쓰네.

사용한 식권은 클리어파일에 모아 게시하고 있습니다.

◆

'무료식권'은 말 그대로 '누구라도 한 끼가 무료'인 시스템입니다. 입구 벽에 무료식권이 붙어 있습니다. 누구나 사용할 수 있습니다. 곤란한 상황일 때 사용해주세요.
미래식당에는 50분 동안 일을 도와주면 한 끼를 무료로 먹을 수 있는 한끼알바 제도가 있습니다. 무료식권은 한끼알바를 한 누군가가 다른 사람을 위해 두고 간 '한 끼의 식사'입니다.

이렇게 설명해도 "한 끼가 무료라니 무슨 말이야?" 하며 묻는 사람이 있다. 조금 더 자세히 살펴보도록 하자.

무료식권의 시작
무료식권은 가게를 열기 전부터 생각했던 시스템은 아니다. 가게를 열고 3개월 정도 지났을 때 손님에게 '어린이식당'이라는 비영리 활동 이야기를 들은 것이 무료식권을 만든 계기가 되었다. '어린이식당'은 아동의 빈곤 문제 해결을 위해 노력하고 있는 민간 네트워크의 총칭으로, 경제적으로 어려운 집의 아이라면 누구라도 무료로 식사할 수 있도록 만든 곳이다.

'누구라도 받아들이고, 누구에게나 어울리는 장소'라는 미래식당의 비전 속 '누구'에는 당연히 어린이도 포함된다. 그래서 '어린이식당' 활동이 미래식당의 비전과도 잘 어울릴 것 같다는 생각이 들었다. 나는 '미래식당은 경제적으로 힘든 어린이들을 위해 무슨 일을 할 수 있을까?' 하고 고민하기 시작했다.

하지만 힘든 사람을 굳이 어린이로 한정할 필요가 있을까? 게다가 미래식당이 위치하고 있는 진보초는 오피스 거리로 어린이가 거의 없다. 이런 이유 때문에 '어린이'에서 벗어나 '누구라도 사용할 수 있다'로 생각을 바꿨다.

그와 동시에 이 무렵부터 한끼알바를 하고 나서 받은 한 끼를 자기가 먹지 않고 아는 사람에게 주는 경우가 조금씩 나타났다. "일해서 받은 한 끼를 여기서 본인이 먹을 수도 있지만, 다른 사람에게 줄 수도 있어요"라고 시험 삼아 이야기했더니 오히려 재밌어하며 "그러면 친구에게 주고 싶어요"라고 말하는 한끼알바생이 꽤 많았다. 이런 모습을 볼 때마다 한끼알바를 통해 받은 한 끼를 선물할 수 있는 제도를 만들면 어떨까 하는 생각이 계속 들었다.

　그러던 어느 날, 해외에 있는 한 피자집 이야기를 듣게 되었다. 그곳에서는 피자 한 조각을 1달러에 판매하는데, 만약 손님이 돈을 더 내면 남은 분량을 포스트잇에 적어 벽에 붙여두고 그 포스트잇을 떼어낸 사람에게 피자를 무료로 주는 제도가 있다는 것이다. 나는 여기서 힌트를 얻어 무료식권을 만들었다.

누가 붙이고 누가 쓰는가

　손님들에게 "이 무료식권, 정말로 사용하는 사람이 있어요?"라는 질문을 자주 듣는다. 내가 느끼기에는 실제로 꽤 많은 사람이 사용하는 것 같다. 일주일에 3명 정도가 사용하는데, 대체로 일주일에 약 300명이 방문하니까 전체의 1퍼센트 정도가 무료식권을 사용하는 것이다.

　"어떤 사람이 사용하나요?"라는 질문도 자주 듣는데 무료식권을 사용할 때 묻지 않기 때문에 모른다. 하지만 내가 보기에 정말로 힘든 상황에 처해 있는 사람, 예를 들어 옷이 너덜너덜한 부랑자 같은 사람이 사용한 적은 지금까지 없었다. 평범한 직장인이나 학생들이 쓰고 있는 것 같다.

　단골손님이 "이번 주는 좀 빠듯하네요"라며 사용한 경우도 있다. 그 후에는 다시 보통 손님으로 방문한다. 무료식권을 꼭 써보고 싶었는지 사용한 후 메시지로 "다음에는 저도 한끼알바를 해서 무료식권을 붙이겠습니다"라고 적는 사람도 상당히 많다. 하지만 그랬던 사람이 한끼알바를 하러 온 적은 아직 없었다. 물론 내가 알지 못한 것일 수도 있지만 적어도 한끼알바를 하러 온 사람이 그런 말을 한 적은 없었다. 아마 무료식권을 써보는 것을 목적으로 오는 손님은 분명 일부러 멀리서 오는 사람일 것이다. 그렇기 때문에 '언젠가는 한끼알바로 은혜를 갚고 싶다'고 생각은 하지만 다시 방문할 시간을 내기 힘든 것일지도 모른다.

"어떤 사람이 붙이고 있습니까?"도 자주 듣는 질문이다. 무료식권을 붙이는 사람은 크게 두 종류로 나눌 수 있다.

① 무료식권을 붙이기 위해 한끼알바를 하러 오는 사람

'누군가를 위해 소소한 착한 일을 하고 싶다'는 생각을 가진 사람이다. 특히 무료식권이 여러 미디어에서 크게 다뤄진 뒤 많이 오기 시작했다. 물론 이쪽에서는 대환영이다. 고마울 따름이다.

참고로 무료식권을 붙였기 때문에 한끼알바생이 고픈 배를 부여잡고 돌아가는 일은 없다. 무료식권을 붙인 경우에도 간단한 식사를 주고 있다. 배고픈 상태로 미래식당을 나서게 하고 싶지 않을 뿐더러, 착한 행동에는 나 또한 감사한 마음을 표현하고 싶기 때문이다.

②다 못 먹는 '한 끼'를 두고 가는 사람

음식점을 개업하려는 사람들에게서 많이 보이는 유형이다. 음식점 개업에 뜻을 두고 있는 사람들은 아침부터 밤까지 한끼알바를 하는 경우가 많다. 그러면 하루에 일곱 끼 분량의 '한끼알바 식권'을 받아 혼자서는 도저히 다 먹을 수 없게 된다. 그리고 그들은 노하우를 배우기 위해 자주 한끼알바를 하기 때문에 받은 식권이 넘쳐난다. 이런 한끼알바생들이 남은 식권을 벽에 붙이고 간다.

이것 말고도 단체로 온 손님들이 마감청소를 다 같이 도와주고 기념으로 무료식권을 붙이고 가는 경우도 있다. 이런 식으로 다양한 사람이 붙이며, 대체로 10~15장 정도가 항상 벽에 붙어 있다. 참고로 무료식권 게시판은 미디어에서 많이 다뤘기 때문인지 처음 온 손님은 꼭 사진을 찍는다. 그래서 일종의 관광명소가 된 것 같은 느낌이 들 때가 있다.

대가 없이 사람을 돕는 것의 어려움

내가 알기로 현재 일본에 '누군가가 무료로 먹도록 도와주는 시스템'이 있는 곳은 미래식당 이외에 도쿄 세타가야구의 커피점 '코하제 커피'와 홋카이도 오비히로의 메밀국수집 '유이'밖에 없다. 그리고 그곳에는 미래식당과 다른 특색이 있다.

코하제 커피에는 음료 한 잔당 포인트가 쌓여 12포인트가 되면 그 포인트 카드가 '사랑전달 카드'로 바뀌는 시스템이 있다. 사랑전달 카드를 벽에 붙여 누군가에게 선물할 수 있다. 그리고 사랑전달 카드에 '도쿄에 처음 온 사람' 등과 같은 조건을 적으면 해당하는 사람만 사용할 수 있다. 이곳의 핵심은 '일정 횟수 이상 방문하면 누구에게나 선물할 권한이 생긴다'와 '조건에 해당하는 사람만 사용할 수 있다'는 것이다.

유이에서는 선물하고 싶은 한 끼 식사비용을 자기가 대신 지불하면 무료로 먹을 수 있는 사람의 숫자가 가게 앞에 게시된다. 예를 들어 메밀국수 한 그릇이 500엔(약 5,000원)이라면 500엔을 내서 한 그릇을 누군가에게 주는 시스템이다. '선물할 권한을 돈으로 사는' 방식이다.

각각 다른 부분은 있지만 모두 다 누군가가 무료로 먹도록 도와주는, 전례를 별로 찾아볼 수 없는 시스템이다. 그런데 매일 이 시스템을 운용 중인 나도 예상치 못한 부분이 발생해 당황할 때가 종종 있다.

예를 들어 '매일 사용하는 사람'에 대한 당혹스러움이 있다. 초창기에 무료식권을 매일 쓰는 사람이 나타난 적이 있었다. '누구라도 사용할 수 있다'는 생각과는 반대로 속이 좁은 나는 안달복달했다. 그리고 그런 내 자신을 자각할 때마다 '정말로 나는 그릇이 참 작은 사람이구나'라며 자기혐오에 빠졌다.

사실 한끼알바생이 선의로 붙여놓은 무료식권을 쓰는 것이기 때문에 이로 인해 미래식당이 타격을 입지는 않는다. 하지만 나는 정말로 쩨쩨한 사람인지라 '또 쓰잖아'라며 마음속 어딘가에서 초조함을 느꼈다. 그래서 초심을 다시 한 번 되새겨 보았다.

정말로 힘든 사람이라면 매일 사용한다고 해도 상관없다. 하지만 더 중요한 것은 힘들어 보이지 않는 사람이 매일 사용해도 괜찮다고 생각하는 것이다. 왜냐하면 그 사람이 정말로 힘들어서 사용하는지 아닌지를 묻는 것은 무료식권의 본질이 아니기 때문이다.

그렇다면 무료식권의 본질은 무엇인가? 나는 '당신을 도와주려 합니다'라는 메시지를 계속 보내는 것이라고 생각한다. 누구는 힘들고 누구는 힘들지 않다고 사람을 골라내지 않고 그냥 누구라도 받아들이는 것, 이것이 바로 무료식권의 본질이라고 생각한다. 만약 '힘들어 보이지 않는 사람'이 며칠 무료식권을 사용한다고 해서 마음이 흔들린다면 아직 각오가 부족한 것이다. 이런 경우에는 언젠가 정말로 힘든 사람이 매일 와서 무료식권을 사용했을 때 동요하지 않고 받아들이기 위한 예행연습이라고 생각하는 것이 좋다.

말로 하면 간단하지만 실천하기는 어렵다. 앞서 말한 것처럼 한 손님이 올 때마다 무료식권을 사용한 적이 있었다. 내 마음속 어딘가에서 초조함이 느껴졌지만 그 손님은 늘 그렇다고 생각하며 응대를 하던 어느 날, 그 손님이 무료식권을 사용하지 않고 돈을 낸 것이다! 나는 겉으로 드러내지 않았지만 크게 감동했다. 그런데 돈을 낸 것은 그때 한 번뿐이었고 그 후에는 다시 예전처럼 무료식권을 사용했다.

이렇게 재미있는 이야기가 또 어디 있을까? '무료식권을 계속 쓰던 사람이 어느 날을 기점으로 돈을 내게 되었다'라는 이야기라면 감동적일 것이다. 하지만 그렇지 않았다는 것이 인간의 놀라운 점이라고 할까? 이 손님을 보면서 나는 내가 미처 알지 못했던 이 세상의 풍부한 다양성을 깨닫게 되었다. 이 일이 있고 난 뒤 '아무래도 상관없다'와 같은 될 대로 되라는 식은 아니지만, 사용 여부를 손님에게 전적으로 맡기고 나는 신경 쓰지 않는 것으로 마음을 바꾸었다.

무료식권은 사용한 사람은 뒷면에 메시지를 남길 수 있다. 하지만 사용 후 아무런 메시지를 남기지 않는 사람도 있다. 또 "잘 먹었습니다"는 말 한마디 없이 무료식권을 쓰고 가는 사람도 있다. 정말 너무 피곤해서 감사의 말을 할 수 있는 상태가 아니었을지도 모른다. 성격이 단순한 나는 '감사 인사도 못할 정도로 마음의 여유가 없다니……' 하며 그냥 넘어가지만, 사람에 따라서는 '왜 고맙다는 말 한마디 없는 거야?'라며 자기도 모르게 감사를 강요하게 될지도 모른다. 솔직히 말하자면 나도 가끔 그런 생각이 들 때가 있다. 이럴 때마다 아무런 대가를 요구하지 않고 사람을 돕는다는 것이 정말로 어렵다는 사실을 다시 한 번 깨닫게 된다.

참고로 무료식권 뒷면에 감사의 메시지를 적는 사람은 절반 이하다. 도와주는 대가로 '감사의 마음'을 받는 거라면 어쩌면 손해를 보고 있는지도 모른다.

"덕분에 살았습니다"가 거짓말이라도 괜찮다

무료식권은 실제로 어떻게 사용할 수 있을까? 무료식권을 사용하고 싶은 사람은 그것을 게시판에서 떼어낸 뒤 계산할 때 돈 대신 낸다. 그러면 점원(나나 한끼알바생)이 펜을 주는데, 무료식권 뒷면에 사용한 날짜와 하고 싶은 말을 적으면 된다.

메시지를 쓰는 사람도 있고 날짜만을 적는 사람도 있다. 사용한 무료식권은 클리어파일에 모아 가게에 놔두기 때문에 자유롭게 확인할 수 있다. "오늘은 물 한 모금 쌀 한 톨 먹지 못했는데 덕분에 살았습니다"라는 메시지를 본 손님이 "이런 사람이 쓰길 바라는군요"라고 말한 적이 있다.

하지만 과연 그럴까? 나는 그에 대해 생각하지 않기로 했다. 무료식권에 적어놓은 메시지가 진실인지 거짓인지 판단하지 않는 것이다. 그 손님이 진짜로 힘들었을 수도 있고, '공짜로 한 끼 먹었으니 눈물겨운 메시지라도 써줄까' 싶어서 적어놓았을 수도 있다. 이런 말을 하면 나를 부정적인 성격이라고 생각할지도 모르지만 그렇지는 않다. 나는 딱히 의심이 많지 않은 단순한 성격이다. 다만 그 메시지가 거짓말이라고 해도 무료식권 시스템을 운용하고 있는 나는 그것을 용인해야 한다고 생각한다.

이런 생각을 갖고 있기 때문에 메시지의 진위에 무게를 두지 않고, 무료식권을 사용한 손님을 평가하지 않을 수 있다. 어떤 의미에서 보면 무료식권 시스템을 바라보는 내 시선이 상당히 단조롭게 느껴질지도 모른다. 눈물겨운 스토리를 원하는 것이 아니다. 거짓과 진실을 뛰어넘은 곳에 본질이 있다고 생각하기 때문이다.

'불쌍한 사람'만 쓸 수 있다?

'사람이 사람을 돕는' 무료식권이라는 시스템을 생각했을 때 가장 고민했던 것은 '누구를 돕는가?'였다. '힘든 사람이 사용했으면 좋겠다'라고 생각하는 건 매우 쉽다. 하지만 이런 생각은 '이 사람은 어린이고 불쌍하니까 사용해도 된다. 이 사람은 어른이고 알코올 중독자니까 사용해서는 안 된다'라고 도와줄 사람을 선별하는 것으로 이어진다.

물론 나 역시 힘든 사람이 사용했으면 좋겠다. 그런 마음으로 만든 식권이다. 무료식권을 게시판에 붙이고 가는 한끼알바생도 아마 그러길 기대할 것이다. 그런 마음은 분명 멋지지만, 정말 필요한 건 감사하는 마음도 포함해 어떤 '보답'도 기대하지 않는 것이다. 만약 총 100명의 사용자 중 마지막 사람이 '정말로 힘든 사람'이라 가정해보자. 그때 앞의 99명이 가령 '무료식권을 쓴 사실을 바로 잊어버리는, 전혀 보답하지 않는 사람'이라고 해도 베풀겠다는 각오를 해야 한다.

하지만 나는 아주 속물적인 인간이다. '당신 같은 사람이 사용할 식권이 아니야' 하는 시커먼 생각이 슬그머니 머리를 들 때도 있다. 그럴 때마다 대가 없이 사람을 돕는 것이 어렵다는 사실을 다시 한 번 통감하게 된다.

'99번 짓밟혀도 단 한 번 누군가의 버팀목이 된다면 그걸로 충분하다.'

이런 마음을 가지고 불쌍한 사람만이 아니라 누구나 사용할 수 있도록 시스템을 설계했다. 그리고 누구나 사용하기 쉬운 형태로 만든 결과, 정말로 힘든 사람이 그 사실을 밝히지 않고 쓸 수 있게 되었다고 생각한다. "정말 힘든 사람만 쓸 수 있습니다"라고 한정 지으면 힘든 사람이 무료식권을 사용하기가 오히려 어렵지 않을까?

시행착오 중에 규칙이 생기다

무료식권 게시판에는 다음과 같은 사용법과 주의사항이 붙어 있다.

• 무료식권

누구나 사용할 수 있습니다. 떼어서 가지고 들어오면 한 끼가 무료입니다. 곤란할 때 사용해주세요. 계산할 때 보여주시면 됩니다.

미래식당에는 50분 동안 일을 도와주면 한 끼를 무료로 받을 수 있는 '한끼알바' 제도가 있습니다. 무료식권은 '한끼알바'로 받은 한 끼를 어떤 분이 두고 간 것입니다.

＊ 혼자서 방문했을 때만 사용할 수 있습니다.

＊ 추가주문은 안 됩니다. 그런 식권은 아니라고 생각하기 때문에.

＊ 무료식권을 가져가지는 말아주세요. 이곳에 오면 항상 있습니다.
  믿어주세요.

식권을 가져가고 싶다면 '한끼알바'를 해서 무료식권을 받아주세요.
'나 하나만 된다'는 생각으로 가져가면 무료식권이 부족해집니다.

－미래식당

앞서서 무료식권은 '누구라도 사용할 수 있다'고 강조했지만, 사실은 몇 가지 주의사항이 있다. 그렇다면 왜 이런 주의사항이 생겼고, 그 속에는 어떤 의미가 담겨 있을까?

① 혼자서 방문했을 때만 사용할 수 있습니다

무료식권을 만든 이후, 다양한 미디어에서 취재를 하러 왔다. 그런데 TV에서 무료식권에 대한 내용을 방영한 다음 날, 젊은 두 사람이 같이 와서 둘 다 무료식권으로 식사를 하고 간 일이 있었다. 그 일을 겪고 이 규칙을 추가했다.

같은 이야기의 반복이지만 정말로 힘든 사람, '도와줄 가치가 있는 사람'만을 도와줘야 한다고 생각하지는 않는다. 재미로 도가 지나친 행동을 하는 사람이 있어도 된다. 하지만 도가 지나친 행동을 하고 싶다면 혼자서 했으면 좋겠다. 다른 사람의 눈살을 찌푸리게 하는 행동을 하려면 그만한 각오를 하고 와야 한다. '친구가 하니까 나도 해볼까?'라는 식으로 한끼알바생이 일의 대가로 붙여놓은 무료식권을 사용하는 것은 '틀렸다'고 판단했다.

② 추가주문은 안 됩니다

어느 날 정식을 먹으며 술을 한잔한 손님이 계산을 할 때 무료식권을 내밀었다. 그 손님은 정식은 무료로 먹고 술값 800엔(약 8,000원)만 계산할 계획이었을 것이다. 그때 나는 "추가주문을 하신 분은 무료식권을 사용할 수 없습니다"라고 계산을 거절한 뒤 이 규칙을 게시판에 써놓았다.

무료식권은 애당초 추가로 주문을 할 수 있는 정도로 여유 있는 사람이 사용하라고 만든 것이 아니고, '무료식권 = 900엔(한 끼의 가격)'이라는 도식은 뭔가 '틀렸다'고 생각했기 때문이다. 무료식권은 50분 동안 열심히 일하고 받은 한 끼를 식권으로 교환해 게시판에 붙인 것이다. 아무리 돈이 많은 사람이 와서 "무료식권이라니 아주 멋진 생각이네요. 무료식권을 100장 살 테니 게시판에 붙여주세요"라고 부탁을 해도 들어줄 수 없다. 왜냐하면 무료식권은 돈으로 살 수 있는 것이 아니기 때문이다. 그래서 '무료식권 = 900엔'으로 여기는 행동은 '틀렸다'고 판단했다.

그런데 이 일을 다시 돌이켜보면 무료식권을 한 번 사용해보고 싶은 손님이 '가게에 돈을 안 내는 것은 좀 그러니까 술이라도 마셔서 매상을 올려주자'라고 생각해 추가주문을 한 것인지도 모른다. 그러고 보니 나이가 좀 있는 손님이었다. 이런 마음으로 주문한 것을 '해서는 안 되는 행동'으로 금지해야 하는지 많이 고민했다. 어려운 문제지만 무료식권은 '힘든 사람을 위한 식권'이지 '여유가 있는 사람을 위한 식권'이 아니고, 추가주문으로 속죄를 했다고 착각해 무료식권 사용에 대한 심적인 부담을 줄이는 것은 좋지 않다고 생각한다. 그래서 가게를 위해 추가주문했다고 해도, 추가주문한 사람이 무료식권을 쓰는 것은 해서는 안 되는 행동으로 정했다.

무료식권을 사용했다는 죄책감을 가게의 매출에 공헌한 것으로 씻어서는 안 된다. 왜냐하면 이런 무료식권 사용은 가게에 손해를 끼치는 것이 아니라 한끼알바생의 마음을 부당하게 쓰는 행동이기 때문이다. 추가주문으로 가게에 이익을 더해주는 것이 이런 행동에 대한 속죄가 될 수는 없다.

가게의 이익에 대해서는 생각하지 않아도 된다. 무료식권을 사용하는 사람이, 자신의 50분을 써서 식권을 게시판에 붙여준 이름 모를 한끼알바생의 마음과 진지하게 마주하길 바란다.

③ 가져가지는 말아주세요

사실 이런 규칙을 만들 거라고는 정말로 생각지도 못했다. 무료식권이라는 시스템을 시작하고 얼마 후 TV 방송국에서 취재를 하러 왔을 때의 일이었다. 방송국 PD가 "붙어 있던 무료식권이 한 장 없어졌는데 사용한 사람이 있었나요?"라고 물었다. 당시 가게 안에는 손님이 없었고 무료식권도 사용되지 않았다. 녹화 영상을 확인해보니 분명히 한 장이 없어졌다. 도대체 어떻게 된 일인지, 떨어져서 어디로 가버린 건 아닌지 몰라 둘이서 고개를 갸웃거렸다.

그로부터 며칠 후, 그때 사라진 무료식권을 사용하는 사람이 나타났다. 그렇다. 붙어 있던 무료식권을 떼어 가져갔던 것이다. 그때부터 주의 깊게 살펴봤더니 무료식권이 종종 없어졌다. 식권이 자꾸 없어진다는 사실을 실제로 확인한 나는 반사적으로 '진짜 싫다. 가져가지 말았으면 좋겠다'고 생각했다. 하지만 왜 가져가는 것이 싫은지 바로 말로 표현할 수 없었다. 그래서 게시판의 이 문구, "이곳에 오면 항상 있습니다. 믿어주세요"가 나오기까지 며칠이 걸렸다.

　가져간 무료식권을 바로 사용하는 경우는 없다. 아니, 거의 대부분의 무료식권이 사용되지 않은 채 행방불명되었다. 한끼알바생들에게 이 일에 대해 상담해봤다. 무료식권을 붙이는 사람들이니까 그들이 어떻게 생각하는지 확인하고 싶었다. "아무래도 무료식권을 가져가는 사람이 있는 것 같은데 어떻게 생각해요?"라고 물었더니 도대체 왜 가져가는지 다들 이해할 수 없다는 표정이었다. 그들 역시 붙여놓은 무료식권을 '가져간다'는 것을 생각해본 적이 한 번도 없었던 것이다. 그렇기에 가져간 이유를 도무지 짐작하지 못했다.

　"기념으로 가져간 걸까요? 미래식당에 왔던 기념으로 가져가자, 뭐 이런 식으로?"

　"그럴 수도 있겠네요. 그런데 이해는 못하겠어요……."

　"여러 한끼알바생의 무료식권을 모으는 마니아가 있는 건 아닐까요?"

　"이상한 사람이네요."

이런 초현실적인 대화가 계속되었다. 공짜로 한 끼를 주는 '인심 좋은' 제도를 만든 나와 자기가 먹을 한 끼를 두고 가는 '인심 좋은' 한끼알바생들이 나눈 꽤나 바보 같은 대화였다는 생각이 든다. 아마 '무료식권을 가져가면 이득이니까' 하는 생각으로 가져간 사람이 많을 것이다. 하지만 나와 한끼알바생들에게는 '이득'에 대한 생각이 별로 없었다. 나는 이 생각의 차이가 '가져가지 말았으면 좋겠다'라는 떨떠름한 느낌을 해결하는 힌트가 아닐까 고민했다.

모든 손님이 '내가 이득을 보고 싶다'는 생각으로 행동하면 무료식권 시스템은 눈 깜짝할 사이에 깨진다. 왜냐하면 붙일 수 있는 무료식권의 수에는 상한이 있고(한끼알바가 매일 7번 가능하니 하루에 최대 7장), 무료식권을 손에 넣고 싶어 하는 사람의 수(하루에 방문하는 손님 수는 약 60명)를 따라가지 못하기 때문이다.

'언젠가 사용할지도 모르니 그때를 위해 가지고 있고 싶다'는 마음은 이해한다. 하지만 이것을 용인할 수 없었던 이유는 그 생각이 타인을 믿지 못해 생겨난 사고방식이라고 보기 때문이다.

무료식권은 항상 몇 장씩 붙어 있다. 2016년 1월 처음 시작했을 때부터 한 장도 붙어 있지 않았던 날은 단 하루도 없었다. 그렇기 때문에 미래식당에 오면 '언제든' 쓸 수 있다. 만약 오는 손님마다 무료식권을 가져가면 게시판에는 한 장도 붙어 있지 않게 된다.

물론 '무료식권이 항상 붙어 있다'고 내가 보증할 수는 없다. 무료식권은 한끼알바생의 선의가 없으면 생기지 않기 때문이다.

'뱅크런'이라는 말을 알고 있는가? "이 은행, 왠지 도산할 것처럼 위험해 보인다"라고 누군가가 말하기 시작하면, 그 말에 불안해진 대다수가 예금을 인출해간다. 그 결과, 그 은행에 문제가 없어도 자금이 다 소진되어 정말로 도산하는 사태가 생긴다. 무료식권을 가져가는 문제는 뱅크런을 만드는 것과 같다. 모두가 불안하다고 무료식권을 가져가면 결과적으로 무료식권 시스템 자체가 없어질 수 있다.

이것을 딜레마라고 해야 할지 논리적 모순이라고 해야 할지 잘 모르겠다. 하지만 내가 전하고 싶은 메시지는 '미래식당에는 무료식권이 항상 있다. 이곳에 오면 어떻게든 된다'는 것이다. 그래서 나는 이 메시지에서 벗어난 '가져간다'는 행동을 '틀렸다'라고 판단했다.

그리고 무료식권은 '식권을 가지고 있다, 가지고 있지 않다'의 구분이 아니라 '미래식당에 가면 어떻게든 된다'는 생각으로 온 사람을 구하기 위해 만든 시스템이다. 따라서 식권을 중심으로 생각하면 본래의 의미를 잃게 된다. 내가 무료식권이 사라지는 것을 시스템 붕괴의 징조라고 느꼈기 때문에 '틀렸다'고 판단했을지 모른다는 생각도 든다.

누군가를, 무엇인가를 믿는다는 것은 어려운 일이다. 불안정하고 애매한 것을 계속 직시하는 강한 인내가 있어야 한다. 하지만 나는 인간의 이런 '애매한 선함'을 믿고 있고, 이런 '애매한 믿음'이 허용되는 미래를 향해 가야 한다고 생각한다.

무료식권을 돈으로 살 수 없는 이유

지금까지 '가져가는 것은 왠지 싫다' 정도의 애매한 감각에서 시작해, 그 감각을 깊이 파고든 과정을 이야기했다. 이렇게 매일 매일 예기치 못한 일이 생길 때마다 고민해서 대응하고 있는데, 이 방식이 옳은지 아닌지는 나도 확신할 수 없다.

예를 들어 '무료식권은 돈으로 교환할 수 없다'는 규칙이 있다. 앞에서도 이야기한 것처럼 무료식권은 살 수 없고, 50분 동안 일을 도와준 대가로만 손에 넣을 수 있다. 여기에는 두 가지 이유가 있다.

① 선의를 구입해 보여주지 않았으면 해서

무료식권을 얻기 위해서는 한끼알바를 해야 한다. 다시 말해 어느 정도 시간을 들이지 않으면 붙일(선의를 표명할) 수 없다. 무료식권의 수를 폭발적으로 늘리고 싶지 않아서 이렇게 설계했다. 이 설계의 계기는 앞에서도 말한 것처럼 외국의 피자집 기사였다. 사진으로밖에 보지 못했지만, 한 장에 1달러라 가벼운 마음으로 살 수 있어서 그런지 벽 전체에 메시지가 적힌 교환권이 붙어 있었다. 벽을 가득 메운 교환권 사진을 봤을 때 나는 '이건 뭔가 이상하다'고 직감적으로 생각했다. 그 이유에 대해 며칠 생각하다 '관계'라는 단어에 도달했다.

미래식당은 가게와 '당신'의 관계를 중요하게 여긴다. '당신'이 힘이 들거나 한 끼도 못 먹어 어찌해야 할지 모르는 상황이라고 했을 때, 그래서 터덜터덜 미래식당으로 온다면 과연 수도 없는 포스트잇이 붙어 있을 필요가 있을까? 한 장밖에 없어 떼기가 어렵다면 몇 장 더 붙여놓으면 그걸로 충분하지 않을까?

중요한 것은 '당신'에게 닿는 것이다. 어마어마하게 쌓인 선의를 과시할 필요도 없고, 적은 돈을 지불하는 것으로 선의를 표시하는 선의 구입 시스템을 제공할 필요도 없다. 이것이 돈으로 '무료식권'을 살 수 없는 이유 중 하나다.

② '무료식권'의 고마움을 느꼈으면 해서

무료식권으로 밥을 먹을 때에 '누군가가 나 대신에 돈을 내줬다'라고 생각하는 것보다 '누군가가 나를 위해 50분을 일했다'고 생각하는 편이 고마움이 더 크게 느껴지지 않는가? 물론 돈으로 도움을 주는 것도 고마운 일이다. 하지만 '돈'이라고 하면 조금 물질적이라고 할까, 그 크고 작음으로 고마움을 가리는 느낌이 든다.

고마워하라고 강요하는 것은 물론 잘못된 행동이다. 하지만 그래도 한 끼를 공짜로 먹는다는 것은 역시 '고마운' 일이라고 생각한다. 먹은 후의 예의를 강요할 생각은 아니지만 그래도 무료식권의 고마움은 제대로 이해했으면 좋겠다.

사실 나도 '무료식권을 사용해서 공짜로 밥을 먹는다는 것은 도대체 어떤 느낌일까?'라는 궁금증이 생겨 벽에 붙어 있는 무료식권을 한 장 떼서 사용해본 적이 있다. 주방에 있는 한끼알바생에게 무료식권을 내밀자 "사장님인 세카이 씨가 사용하면 종업원을 부당착취하는 블랙기업 같아요!"라며 웃어서 연신 미안하다고 사과를 하며 식사를 기다렸다.

식사가 나왔을 때는 기뻤다. 반짝반짝 빛나는 쟁반 위에 예쁜 그릇이 놓여 있고, 음식도 맛있어 보였다. 그래서 깜짝 놀랐다. 무슨 자화자찬을 그렇게 하냐고 웃을지도 모르겠다. 하지만 주방에서 일하는 나는 남은 음식이나 한끼알바생이 실패한 음식을 먹었기 때문에 손님용 한 끼를 먹은 것은 부끄럽게도 그때가 처음이었다. 처음에는 "이야!"라고 놀라며 밥을 먹기 시작했다. 그런데 밥을 먹는 동안 마음이 고요해지면서 이 한 끼가 무료식권을 사용해 먹는 것이라는 사실이 떠올랐다. 앞면을 보니 1월 22일이라고 적혀 있었다. 무료식권의 앞면에 적혀 있는 날짜는 한끼알바생이 일했던 날이다. 즉 이 무료식권은 1월 22일에 누군가가 시간을 할애해 일을 해줬다는 말이다. 50분 동안 설거지나 바닥 청소를 했겠지 하는 생각이 들자 그냥 먹고 있던 한 끼의 무게가 무겁게 느껴졌다.

물론 나는 미래식당에서 일하고 있기 때문에 평소 무료식권을 사용하는 손님보다 한끼알바를 하는 사람의 모습을 먼저 떠올리게 된다. 그래서 좀 더 '무겁게' 느꼈는지도 모른다. 하지만 그때 갑자기 식권에 적힌 날짜가 미래식당에서 한끼알바를 한 적이 없는 사람에게도 무게를 느낄 수 있게 하는 정보라는 생각이 들었다.

'50분 일 = 한 끼'라는 등식은 화폐라는 터널을 지나가지 않는다. 50분 일하고 900엔(약 9,000원)을 받고, 그 900엔으로 무료식권을 사는 것이 아니다. 그렇기 때문에 화폐의 가치변화, 예를 들어 정식이 2,000엔(약 20,000원)이 되었다고 해도 '50분 일 = 한 끼'라는 등식은 영향을 받지 않는다. 화폐라는 터널을 지나가지 않는 이 방식은 사례가 별로 없기 때문에 재미있게 느껴진다.

아무튼 이 세상에는 이런 시스템이 없기 때문에 나도 캄캄한 길을 더듬거리며 가고 있는 상태다. 반대로 말하면 앞으로 이런 시스템을 만들고 싶은 사람에게 미래식당은 일종의 샘플이며, 좋든 나쁘든 중요한 참고 사례가 될 것이다. 이런 압박이 있기 때문에 더 철저히 고민하게 된다.

나선형으로 이어지는 마음

이번에는 무료식권에 적혀 있는 내용을 살펴보자. 무료식권을 붙이는 한끼알바생이 앞면에 '2월 4일 오전시간대'라는 식으로 일한 날짜와 시간대를 적는다. 날짜를 쓰는 것은 한끼알바 스케줄을 확인하면 누군지 알 수 있기 때문에 위조방지도 된다. 다른 메시지는 자유다. 이름을 쓰는 사람도 있고 일러스트를 그리는 사람도 있다.

무료식권을 사용하는 사람은 뒷면에 사용한 날짜를 적는다. 여기도 메시지는 자유다. 감사 인사를 쓰는 사람도 있고, 날짜만 쓰는 사람도 있다. 그렇기 때문에 '2월 4일 오전시간대' 한끼알바생이 붙인 무료식권이 '3월 1일'에 사용되었다는 흔적을 따라갈 수 있다. 사용한 무료식권은 클리어파일에 모아 가게에 전시하고 있기 때문에 누구나 찾아볼 수 있다.

이렇게 날짜와 메시지가 나열되어 있을 뿐이지만 나는 개인적으로 이 방식이 아주 마음에 든다. 이는 베푸는 쪽과 도움을 받는 쪽이 직접 대면하지 않는 방식이다. '언젠가의 누군가'를 상상하며 붙이고 '언젠가의 누군가'에게 감사하며 뗀다. 나는 이런 상상들이 이 세상을 좀 더 풍부한 색으로 물들인다고 생각한다.

베풀어준 사람에게 감사하고 끝나는 것이 아니라 이번에는 내가 한끼알바를 해서 또 다른 사람이 사용할 무료식권을 붙이고 가는, 마치 나선을 그리는 것처럼 완만한 선이 계속 이어져간다. 이것이 미래식당만의 아주 소중한 이어짐이다.

미래식당의 오픈소스
무료식권

손님의 마음속에 있는 허들을 상상한다 `난이도 ★★☆☆☆`

베푼다거나 베풂을 받는 행동이 일본에서는 아직 어렵게 느껴진다. 아무리 가게에서 '추가로 발생한 이익이니까 손님이 편하게 썼으면 좋겠다'고 생각해도 그것만으로는 손님의 마음속 허들을 넘을 수 없다. 미래식당은 무료식권을 가게 안뿐만 아니라 밖의 벽에도 붙여놓고 있다. 가게 안에 붙여놓으면 손님이 식사를 하면서 바라볼 수 있기 때문에 가게 분위기를 좋게 만들 것 같다고 생각할지도 모른다. 하지만 그러면 무료식권을 떼어서 쓸 때 가게 안의 시선을 한 몸에 받기 때문에 편하게 사용할 수 없다. 결국 무료식권을 만든 원래 생각에서 벗어난, 그냥 인테리어가 되어버린다. 그렇기 때문에 무료식권을 떼는 것이 다른 손님에게 보이지 않도록, 입구 옆에 있는 벽에 메뉴와 함께 게시하고 있다.

　메뉴를 보기 위해 서 있는지, 무료식권을 떼기 위해 서 있는지 아무도 모르게 하기 위해서다. 미래식당에서는 이렇게 손님이 사용하기 쉽도록 여러 가지 방법을 고민하고 있는데, 사실 손님들의 심리적 허들을 꼭 낮추려고 할 필요는 없다고 생각한다. 운영하는 방식에 따라 넘는 방식 또한 달라질 수 있기 때문이다.

한 쪽이 손해 보는 시스템을 만들어서는 안 된다 난이도 ★★★☆☆

한 끼나 1회분의 서비스를 무료로 주는 시스템을 만들 때, 그러면 누가 어떻게 그 부족한 부분을 채우는가를 생각해야 한다. 만약 가게에서 그 부족분을 전부 메우고 있다면 운영에 부담을 줄 수 있다. 가게에서 부족한 것을 부담하는 게 나쁘다는 의미가 아니다. 이벤트로 몇 차례 하는 것이 아니라 오랫동안 계속하고 싶다면 가게 운영에 무리 없이 지속 가능한지를 잘 생각해보라는 뜻이다.

예를 들어 100끼를 무료식권 시스템으로 운용하기 위한 비용을 가게에서 전부 부담했다고 하자. 그런데 거기에 대한 대가를 전혀 얻지 못했다고 생각해보라. 자신이 전부 부담하고 싶다면 대가가 전혀 없어도 지속할 수 있을 정도의 자원이나 동기가 있어야 한다.

미래식당의 무료식권은 한끼알바의 대가로 주는 한 끼의 대상자가 바뀌는 것뿐이다. 그래서 아무리 무료식권을 많이 발행해도 가게의 주머니에 영향을 끼치지 않는다. 앞에서 이야기했던 '코하제 커피'도 손님에게 준 '특전'을 다른 손님이 사용할 뿐이고, 메밀국수집 '유이'도 무료로 먹는 손님의 음식값을 다른 손님이 대신 내고 있다.

특히 미래식당처럼 화폐에 의존하지 않는 방식을 원할 때는 그 '화폐 이외의 무언가'를 가게 내에서 소화하고, 모두에게 이익이 될 수 있는 시스템을 따로 생각해야 한다.

베풂의 대가를 요구하지 않는다 난이도 ★★★★★

무료식권과 같은 시스템을 만들려고 하는 당신은 '다른 사람에게 도움을 주고 싶다'는 마음이 넘친다고 생각한다. 아주 멋진 생각이지만 실제로 시스템을 돌려보면 '도움을 줬다'고 느껴지는 일은 그렇게 많지 않을지도 모른다. 공짜로 밥을 먹고 싶은 사람만 많고 베풀 마음이 있는 사람은 없을지도 모른다. 그런데도 당신은 무료식권을 계속 발행할 수 있을까?

물론 회피책으로 '정말로 힘든 사람만이 사용할 수 있다'와 같은 기준을 생각할 수 있다. 하지만 이 생각을 내세운 한 '어린이식당'에서 '거기에 가면 빈곤가정이라 생각할까봐'라는 이유로 전체 이용자가 줄어들어 곤란하다는 상담을 받은 적이 있다. 뭐가 정답인지는 모르겠다. 하지만 있는 그대로 받아들일 각오가 없으면 이상과 현실의 차이를 극복하기 힘들지도 모른다.

자기 기준의 맛을 강요하는 것이 아니라
손님이 가장 먹고 싶어하는 것을 함께 만들어간다.
이것이 미래식당 맞춤반찬의 콘셉트다.

4장

당신의 '보통'에 맞추는
맞춤반찬

맞춤반찬

한 개   400엔

손님의 요청이나
몸 상태에 맞춰서
반찬을 맞춤 주문하는
시스템입니다.

녹색 채소가
먹고 싶네요.

뭐가 있을까나~

그때 냉장고에 있는
재료로 만듭니다.

시금치로 만든
나물이에요.

이번 맞춤반찬을 기록해

가게 안에 둡니다.

재료가 없는 날도 있습니다.

죄송합니다. 오늘은
재료가 없어서······
뭐가 먹고 싶었어요?

새콤한 게 먹고
싶었는데······

식초를 여기
놔둘 테니까
반찬에 뿌려서
먹어봐요. 맛있어요.

원하는 대로

당근을
잘게 잘게
썰어서.

지친 직장인의
피로가
풀리게.

이러저러하게 만들고 있습니다.

◆

일반 정식에 나가는 곁들임 반찬 외에 먹고 싶은 반찬을 맞춤 주문할 수 있습니다. 재료를 고르거나 '따뜻한 것이 먹고 싶다', '목이 좀 아프다', '오늘 좋은 일이 있었다'와 같이 기분이나 몸 상태에 따라 맞춤 주문도 가능합니다.
(맞춤반찬 하나당 400엔. 재료는 2개까지 고를 수 있습니다.)

미래식당에는 메뉴가 없다. 하지만 그 대신 원하는 요리를 맞춤 주문할 수 있다.

그 사람의 '보통'을 있는 그대로

맞춤반찬은 좋아하는 재료를 지정하거나 몸 상태, 기분에 맞게 반찬을 만들어주는 시스템이다. 이전에 만들었던 맞춤반찬은 '맞춤반찬 노트'에 기록해 가게 안에 놔두기 때문에 누구라도 볼 수 있다.

"달걀말이가 먹고 싶어요", "요즘 채소 부족이니까 채소를 먹어야 할 거 같아요" 등의 정통적인 요청부터, "초록의 아프리카를 테마로"와 같이 재치 있는 요청까지 다양하다. 애초에 맞춤반찬이라는 시스템을 떠올린 것은 나의 편식 때문이었다.

나는 학교 다닐 때 아침은 메밀국수, 점심과 저녁은 시리얼만 먹었다. 봉투에 작게 나눠 담은 시리얼을 먹고 있으면 사람들이 "우유랑 같이 안 먹어요?", "매일 시리얼만 먹어도 괜찮아요?"라며 놀라곤 했다. 1년 정도 그렇게 먹었는데, 이런 나의 '보통'이 같은 식탁에서 밥을 먹는 사람들을 놀라게 한다는 걸 깨닫자 마음이 불편했다.

'그 사람의 '보통'을 있는 그대로 받아들여주는 음식점이 있으면 좋을 텐데.'

이런 생각을 바탕으로 맞춤반찬이, 더 나아가 미래식당이 만들어졌다. 그렇기 때문에 맞춤반찬은 이른바 '미식가'의 주문 제작이라고 하기보다는 좀 더 심리적인 서비스라 할 수 있다.

'셰프 추천 코스'과 '맞춤반찬'의 차이

고객의 요구에 맞춰서 메뉴에 없는 요리를 해주는 형태는 미래식당의 '맞춤반찬' 말고도 많다. 예를 들어 고급 초밥집의 '셰프 추천 코스'가 있다. 하지만 셰프 추천 코스를 먹기 위해서는 비싼 가격을 지불해야 한다. 게다가 자기가 원하는 대로 음식을 주문하려면 그 가게에 자주 가서 단골이 되어야만 한다.

미래식당은 전혀 다르다. 미래식당에서는 맞춤반찬 가격을 하나당 400엔으로 정하고, 손님이 편하게 재료를 확인할 수 있게 했다. 처음 온 손님도 맞춤반찬을 주문할 수 있는데, 정식을 먹으면서 추가로 주문하면 된다.

'셰프 추천 코스'와 '맞춤반찬'의 차이는 이것 말고도 또 있다. 기존의 고급음식점에서 볼 수 있는 셰프 추천 코스는 '셰프가 조리방법을 정해 그 독창적인 아이디어를 손님에게 제공하는 것'이다. 반대로 맞춤반찬은 '손님이 들어갈 재료를 요청하거나 몸 상태 등을 말하면 주인이 거기에 맞춰 반찬을 만들어주는 것'이다.

다시 말해 손님은 셰프의 취향이나 추천하는 방법(예를 들어 "오늘은 좋은 도미가 들어왔으니까 회로 먹는 게 좋을 거 같아요" 등)에 좌우되는 일 없이 자신이 원하는 대로 반찬을 주문할 수 있다. "이것이 저희 집이 생각하는 '최고의 맛'입니다"라고 자기 기준의 맛을 강요하는 것이 아니라 손님이 가장 먹고 싶어 하는 것을 함께 만들어간다. 이것에 미래식당 맞춤반찬의 콘셉트이고, '셰프 추천 코스'보다 고객의 시선으로 바라본 접근법이라 생각한다.

손님이 원하는 음식을, 원하는 맛으로 제공하기 때문에 맞춤반찬은 '나는 연한 맛을 좋아하는데 셰프에게 그런 말을 하면 기분 나빠하겠지?'라는 식의 걱정과 거리가 멀다고 할 수 있다.

음식점 측이 '맛'을 강요하는 종래의 방식에 내가 납득을 하지 못했던 경험도 맞춤반찬을 시작한 이유 중 하나다.

도쿄에 있는 어느 세련된 이탈리아 레스토랑에 갔을 때의 일이었다. 나는 빵을 올리브 오일과 발사믹 식초에 찍어 먹는 것을 좋아해 발사믹 식초를 주문했다. 그런데 그 식당에서는 '엄선된 올리브 오일'을 쓴다며 셰프가 직접 나와서 "발사믹 식초에 찍어 드시지 않았으면 좋겠습니다"라고 말했다. 확실히 그 올리브 오일은 진한 녹색에 풍미도 좋았지만, 어떻게 먹는 것이 맛있는지에 대한 판단은 개인의 자유 아닌가 하는 생각이 들며 기분이 언짢아졌다. 그건 음식점이 나에게 자신들의 '맛'을 강요했기 때문에 생긴 감정이었다.

'냉장고 안에 있는 재료' 목록은 구분 없이

그렇다면 실제 '맞춤반찬' 시스템이 어떻게 움직이는지 살펴보도록 하자.

시간은 저녁 6시부터. 바쁜 점심시간이 끝난, 저녁의 조용한 시간대에 맞춤반찬을 주문받고 있다. 맞춤반찬을 원하는 손님에게는 메뉴 대신에 '냉장고 안에 있는 재료'를 적은 종이를 건넨다. 그러면 정식을 먹으면서 뭔가 부족하다 생각하는 손님이 그 목록을 보고 희망하는 재료나 요청사항을 말하고, 내가 거기에 맞춰 반찬을 만든다.

여담이지만, '냉장고 안에 있는 재료'라는 이름은 상당히 평이 좋다. 일반적인 음식점에는 메뉴만 있고 '냉장고 안에 있는 재료'는 오픈하지 않기 때문에 손님들 눈에는 신선하고 재미있게 비치는 것 같다. 이 '냉장고 안에 있는 재료'는 바로 식재료 리스트다. 예를 들어 7월 27일의 '냉장고 안에 있는 재료는 생선살, 우유, 햄버그스테이크, 새우가 들어간 마요네즈, 달걀과자, 무말랭이, 레몬, 겨자초된장, 명란젓, 두부, 달걀, 김 가루'라는 식이다.

"소스, 음료, 과자는 따로 적는 편이 낫지 않아요?"라며 웃는 사람도 있지만, 나는 이렇게 뒤섞여 있는 방식이 마음에 든다. 그것은 리스트를 잘 정리해 주문하기 쉽게 하는 것보다 심리적 서비스에 중점을 두고 있기 때문이다. 그리고 '새우가 들어간 마요네즈는 소스'라는 식의 분류방식은 그렇게 생각하지 않는 사람(예를 들어 '새우가 들어간 마요네즈는 소스가 아닌 반찬'이라고 생각하는 사람)에게 거리감을 느끼게 할 수 있고, 또 어떤 편식이나 '보통'도 똑같이 취급한다는 의미에서 식재료를 구분하지 않고 그냥 나열하는 방식을 쓰고 있다.

미래식당에서는 좋아하는 식재료, 몸 상태, 기분에 맞게 메뉴에는 없는 자신만을 위한 반찬을 맞춤 주문할 수 있습니다. 여기서는 손님들의 맞춤반찬 일부를 소개하겠습니다.

맞춤반찬 통신

2015년
9/13
~9/26

vol.1

지난주의 맞춤반찬 상황

안녕하세요.
미래식당입니다.
이렇게 통신을 읽어주셔서
감사합니다.
미래식당에서는 원하는
반찬을 맞춤 주문할 수
있습니다.
이 통신에서는 어제까지의
맞춤반찬이 실려 있습니다.
주문하실 때 참고하시길
바랍니다.

예

초밥용 밥이 먹고 싶다

맞춤반찬은
하나당 400엔.
식재료는 2가지까지
고를 수 있습니다.
※ 3가지 이상의
재료를 지정하거나
비싼 재료, 시간이
걸리는 맞춤반찬을
주문할 경우,
맞춤반찬 2개분
이상의 요금이
발생합니다.

정식의 밥을
초밥용 밥으로 바꿔서.

『○○가 먹고 싶다』라는 말에 가능한 한
대응하고 있습니다. 초밥용 초는
'식초, 설탕, 소금'을 섞으면 금방 만들 수 있습니다.
듬뿍 넣고 남은 초밥용 초는 소스통에
따로 담아두었습니다.
마음껏 사용하세요.

맞춤반찬 1개분

예

곤약을 좋아합니다

재료 요청도
할 수 있습니다.
『곤약을 이용한
맞춤반찬』은 어떨까요?
곤약을 꼬아서
볶으면
양념이 잘 배어
반찬으로 맛있게
먹을 수 있는
'곤약'이 됩니다.

곁들임 반찬 대신
곤약볶음으로.

맞춤반찬 1개분

예

산뜻하고 시원한 걸로

곁들임 반찬 대신
돼지고기 샤부 샐러드로.
특제 드레싱을 곁들여서.

「산뜻하면서도 영양 보충도 할 수 있는 음식」이라는
식으로 몸 상태나 기분에 따른 요청도 있습니다.
돼지고기를 살짝 데쳐서 샤부샤부를 만든 뒤,
가지각색의 채소로 만든 샐러드 위에 올립니다.
채소 페이스트를 사용해서 만든 진한 드레싱도
곁들였습니다.

맞춤반찬 2개분

어떻습니까? 미래식당은 당신의 '보통'을 맞춤 주문할 수 있는
가게입니다. 무슨 말이든 편하게 해주세요. 방문하시길 기다리
고 있습니다.

재료의 종류가 많기 때문에
2개의 맞춤반찬 가격.

未来食堂

※ 초기의 '맞춤반찬' 기록. 가게 안에 두어 손님들이 볼 수 있도록 했다.

미래식당에서는 좋아하는 식재료, 몸 상태, 기분에 맞게 메뉴에는 없는 자신만을 위한 반찬을 맞춤 주문할 수 있습니다. 여기서는 손님들의 맞춤반찬 일부를 소개하겠습니다.

✦ 9/13 ~ 9/27의 맞춤반찬 상황

여러분 덕분에 개업 2번째 주를 무사히 보낼 수 있었습니다. 감사합니다. 맞춤반찬도 처음에는 어수선하고 정신없이 만들었지만, 점점 접시의 종류도 늘고 결과도 재미있어졌습니다.

말랑말랑하고 부드러운 것……

밥을 달걀죽으로 바꿔서.

맞춤반찬은 하나당 400엔. 식재료는 2가지까지 고를 수 있습니다.
※ 3가지 이상의 재료를 지정하거나 비싼 재료, 시간이 걸리는 맞춤반찬을 주문할 경우, 맞춤반찬 2개분 이상의 요금이 발생합니다.

"최근 바쁘네요……"라는 말.
속이 편한 것을 먹고 싶다는 이야기였기 때문에 달걀을 풀고 녹말가루를 섞은 후 죽에 넣습니다. 옛날 스타일의 레시피입니다.

맞춤반찬 1개분

뭔가 적당한 걸로 맛있게……

초무침의 재료 미역은 손님이 가지고 왔습니다.

튀김, 초무침, 조림 순서대로 적당히

네다섯 명이 술을 가지고 와서 시끌벅적했습니다. 주문한 음식을 방해가 되지 않게 적당한 속도로 하나씩 하나씩 만들었습니다.

맞춤반찬 4개분

주먹밥이 먹고 싶어요

음료를 마신 뒤 추가한 밥.
「배가 좀 고파서」라는 요청을 받았습니다. 먹기 쉽도록 주먹밥으로. 여성 2분이라 작은 주먹밥 4개로 만들었습니다. 옛날 방식 그대로의 우메보시 주먹밥과 고소한 구운 주먹밥. 가끔은 이런 것도 좋습니다.

우메보시 주먹밥과 구운 주먹밥 세트로.

맞춤반찬 1개분

어떻습니까? 미래식당은 당신의 '보통'을 맞춤 주문할 수 있는 가게입니다. 무슨 말이든 편하게 해주세요. 방문하시길 기다리고 있습니다.

未来食堂
miraishokudo.
com

식재료를 구분하지 않기 때문에 재미있는 일이 생기기도 한다. 예전에 "감을 구워서 뭔가 해주시면……" 하고 말한 손님이 있었다. "재미있는 주문이네요. 감을 구우면 어떻게 돼요?"라고 묻자 손님은 "저도 구워 먹어본 적은 없어서 몰라요"라고 대답했다. 그래서 먼저 시험 삼아 조금만 구워보기로 했다. 그랬더니 구운 바나나처럼 진한 단맛이 나서 우리 둘은 깜짝 놀랐다. 구운 감이 어떤 맛인지 알게 되자 요리 방법도 떠올랐다. 그래서 데친 원추리와 함께 육수를 얹어 냈다.

식재료를 구분하지 않는 것과 더불어 "이렇게 요리하면 어떨까?" 하고 자신의 생각을 말하기 쉬운 분위기로 만드는 것도 기상천외한 요리 아이디어가 나오는 비결인지 모른다.

손님에게 하는 최고의 대접

맞춤반찬에 대한 이야기를 하면 "한 사람 한 사람 주문 제작이라니……. 손이 너무 많이 가지 않나요?"라는 말을 자주 듣는다. 확실히 언뜻 생각하면 그럴지도 모른다. 하지만 이런 걱정 때문에 맞춤반찬이 무리라고 생각한다면 안타까운 일이다.

무엇보다 가장 중요한 건 손님이 원하는 걸 듣고 긍정하는 것이다. 손님이 "당근으로만 만든 정식이 먹고 싶어요"라고 하면 이상하다거나 무리라고 하지 않고, 할 수 있는 범위 안에서 당근으로

만 된 정식을 만들면 그걸로 충분하지 않을까? 설령 그것이 당근 샐러드뿐인 정식이라도 '당신을 위해 당근만을 사용해 만든다'는 마음으로 만든 것이라면 그 사람에게는 최고의 대접이 되기 때문 이다.

"다른 가게에서는 이런 말 못하지만 여기서는 편하게 할 수 있어요"하는 안도감이야말로 미래식당이 전하고 싶은 메시지다. 손이 많이 가는 일이고, 이른바 '메뉴'에 올라 있는 것처럼 완성된 요리를 만드는 건 어려울 수 있다. 기존 음식점의 기준으로 맞춤반찬이 무리라고 보여도 어쩔 수 없는 일이다.

'한 사람 한 사람에게 맞춘 요리를 제공한다'고 하면 특별한 뭔가가 있는 것처럼 느껴진다. 하지만 이미 꽃집이나 미용실에서는 메뉴가 아니라 손님의 희망과 요청에 맞춰 주문을 받고 있다. 그것과 같은 일을 음식점에서 하려고 하는 것뿐이다.

"지금까지 '내가 생각한 것과 달라요'라는 클레임이 들어온 적은 없나요?"라는 질문도 자주 받는데, 그런 일은 없었다. 물론 만들어본 적이 없는 것을 만드는 경우도 많기 때문에 모든 맞춤반찬이 100점 만점은 아니라고 생각한다. 하지만 손님이 "맞아요, 맞아. 딱 이런 느낌!"이라며 좋게 평가해주는 경우가 더 많았다.

만드는 과정에서 "버섯이랑 돼지고기를 볶았으면 좋겠다고요? 그거 괜찮네요. 맛은 일식, 중식, 양식 중 어느 쪽으로 할까요?" 하는 식으로 세세한 부분까지 이야기해 나와 손님 사이의 치명적인 이미지 차이를 예방하고 있는 것도 비결 중 하나일 것이다. 맞춤반찬을 만들면서 손님과 나누는 대화는 클레임을 방지하는 '수비'일 뿐만 아니라, 적극적인 소통을 통해 '내가 뭘 좋아하는지 잘 들어준다'고 하는 고객의 기쁨을 늘릴 수 있는 '공격'의 자세이기도 하다.

무슨 말을 들어도 놀라지 않는다

그렇지만 "에?" 하고 놀랄 정도로 이상한 요청이 없는 것은 아니다. 예전에 "돼지고기와 버섯을 마늘이랑 소금을 넣고 볶아주세요"라는 요청을 받은 적이 있다. 못할 것도 없지만 버섯이 가지고 있는 조금 알싸한 맛이나 마늘의 강한 맛을 생각하면 소금이 아니라 간장으로 볶는 편이 더 '맛있게' 요리할 수 있다. 사실 이것은 외국인 손님의 요청이었다. 아마도 그 사람은 간장으로 볶는다는 생각을 못했을 것이다. 만약 내가 간장으로 볶는 편이 맛있다고 이야기하며, 그 손님이 평소 식생활에서 별로 접하지 못했을 간장을 사용했다면 과연 만족했을까? 나는 평소의 익숙함과 자기에게 있어서의 '보통'이 나오는 쪽이 만족도가 높을 것이라고 판단해서 요청대로 소금으로 볶아서 냈다. 다만 마늘은 낮은 온도로 볶아 냄새를 잡고 버섯도 기름으로 볶아서 알싸한 맛이 순해지도록 했다.

맞춤반찬을 할 때는 이렇게 '그건 일반적인 맛 이론에서 벗어나는 것 같은데……'라는 생각이 들어도 그것을 어떻게든 잘 정리하는 기술이 필요하다. 음식의 취향은 주관적이고 감각적이다. 그 사람이 생각하는 '맛있음'을 틀렸다고 단정하지 않고, 전문적이지만 손님에게 한 발짝 더 가까이 다가가는 것을 목표로 하고 싶다.

그밖에도 "우엉이랑 당근이랑 피망을 넣어서 염분 없이 조려주세요"라는 주문을 받은 적이 있었다. 조림은 간장과 설탕의 달달하면서도 짭짤한 맛이 핵심이기 때문에 '염분 없이'는 어려운 주문이다. 하지만 손님이 이런 주문을 했을 때에는 그만한 이유가 있을 것이다. 결국 소금 대신 흑초를 넣어 맛을 내고 설탕 코팅으로 윤기를 더해 조림 같은 모양새와 맛이 나는 맞춤반찬을 만들었다.

사실 이 '염분 없는 조림'은 TV 방송국에서 취재를 하고 있을 때의 주문이었다. PD는 방송에 내보내면 좋겠다고 생각했는지 "왜 염분 없는 조림을 주문하셨나요?"라고 그 손님에게 물었다.

사실 이 질문은 '맞춤반찬'에 대한 내 생각과는 전혀 다른 것이다. 그래서 기억하고 있다. '왜 주문했는지, 그 이유를 묻는 것이 자연스러운 거 아닌가?'라고 생각하는 사람도 있을 것이다. 그것도 맞다. 하지만 미래식당의 맞춤반찬에서 중요한 것은 그 사람의 '보통'을 받아들이는 것이다. 이렇게 생각하면 왜 내가 손님에게 이유를 묻지 않는지 알 수 있을 것이다.

'염분 없는 조림'이 이상한 주문이라는 것을 그 손님도 생각하고는 있었을 것이다. 거기에 "왜 염분 없는 조림을 주문하셨나요?"라고 물으면 손님은 그 자리에 앉아 있기가 점점 불편해진다. 나는 PD의 질문을 무시한 채 "이렇게 먹는 것도 좋아요"라고 말하면서 "속 재료는 뭐로 할까요?"라고 물었다. 손님의 대답에서 그런 주문을 한 이유가 어렴풋이 보였다. 직접적으로 물어서 그 '이상함'을 자각시키기보다는 우선 원하는 대로 만들고, 대화를 하는 과정에서 자연스럽게 드러나는 손님의 기호를 파악하는 것이 중요하다.

미래식당이 정식집이 된 이유

사실 미래식당을 열 때 정식집으로 만든 이유는 정식집이 맞춤반찬을 하기 가장 쉬운 형태라고 생각했기 때문이다. 지금은 미래식당에 한끼알바 등 몇 가지 시스템이 있지만, 처음 가게를 열 때 생각했던 것은 맞춤반찬뿐이었다. 직장인이었던 나는 식당을 열겠다고 결심했을 때, "오늘은 위가 좀 아파요"라고 손님이 말하면 "그러면 스프는 어떠세요?"라고 물을 수 있는 가게를 열고 싶었다. "당신의 '보통'을 맞춤 제작합니다"라는 콘셉트로 음식점을 만들겠다고 마음먹은 것이다.

한 사람 한 사람과 정면으로 마주하는 맞춤반찬은 규모의 경제를 추구하는 패스트푸드점이나 체인점의 시각으로 보면 비효율적인 시스템이다. 하지만 이렇게 누군가를 위해 애쓰는 모습을 본 손님들은 "뭔가 가정적이네요. 향수를 불러일으키는 분위기예요"라는 말을 많이 한다.

'새롭지만 그리운 뭔가가 있다', '지금은 손님 한 명 한 명과 직접 마주하는 음식점이 없지만, 앞으로는 분명 이런 식의 가게가 많아질 것이다'라는 생각은 '식당'이라는 회고적인 단어와 '아직 오지 않은'이라는 의미의 '미래'를 합친 '미래식당'이라는 가게 이름의 유래가 되기도 했다.

맞춤반찬이 왜 정식집으로 이어졌을까? 맞춤반찬으로 만드는 것이 약간의 수고를 들인 간단한 요리라는 게 큰 이유다. 만약 메뉴가 전혀 없고 "뭐든지 만들어 드립니다"라고만 써 있다면 손님은 이상한 가게라는 생각에 오히려 들어오기 힘들어할 것이다. 이런 의미에서 정식집은 '메뉴가 있는 듯 하면서도 없는 듯한' 음식점이기 때문에 맞춤반찬을 하기 쉽다. 예를 들어 정식에는 곁들임 반찬이 나간다. 여기에 어떤 반찬을 내는지는 기본적으로 식당이 정할 수 있고, 어지간히 이상한 것만 아니면 "이런 반찬을 내놓다니!"라고 화내는 사람도 없다.

맞춤반찬은 대부분 '곁들임 반찬'의 자리를 활용하는 방식으로 만든다. 사실 정식은 '곁들임 반찬'이라는 애매한 요소를 가지고 있다. 아무런 메뉴가 없는 상태에서 손님이 처음부터 "비프 카레를 만들어주세요"라고 하기는 어렵다. 이와 달리 기본적으로 정식을 준비해두고 부족한 것을 맞춤 주문하는 방식은 '곁들임 반찬을 추가하는 것'으로 손쉽게 할 수 있다고 생각된다.

이렇게 맞춤반찬을 만들기 쉽기 때문에 미래식당은 정식집의 형태를 갖게 되었다. 하지만 본질적으로는 어떤 형태의 음식점이라도 상관이 없다. 예를 들어 맞춤반찬이 있는 인도음식점이나 중화요리집도 가능하다. 요리하는 사람에 따라서 만들어지는 것이 다르다는 의미에서는 '맞춤반찬이 가능한 야마다 씨의 중화요리집' 옆에 '맞춤반찬이 가능한 다카하시 씨의 중화요리집'이 있어도 된다. 그런데 나처럼 개인이 음식점을 하는 경우, 다양한 메뉴에 맞춤반찬까지 하면 일손이 모자란다. 메뉴가 하나고, 그 메뉴가 매일 바뀌기 때문에 맞춤반찬을 추가 주문받기 좀 더 쉽다는 생각에서 미래식당은 정식집의 길을 선택했다.

손님들이 맞춤반찬을 좋아할까?

'맞춤반찬이 있는 음식점을 만들겠다'고 생각했지만 승산은 미지수였다. 친구에게 이야기해도 "한 사람 한 사람에게 맞추는 요리를 한다면 하나의 가격을 800엔 정도 받아야 하는 거 아냐?",

"만들어준 요리가 내가 생각한 것과 다르다고 클레임이 들어오면 어떻게 해?"라는 식으로 재미있을 것 같지만 현실적이지는 않아 보인다는 반응이 대부분이었다.

약간의 수고를 더한 맞춤반찬이 이 세상에 어느 정도 받아들여질 수 있을까? 문 열기 전 이에 대한 검증이 필요하다는 생각에 식당의 개업 예정지인 진보초로 향했다. 그리고 그곳의 지역밀착 이벤트 장소로 가 맞춤반찬에 대해 설명을 한 후, "이벤트마다의 특색을 살린 맞춤반찬이 있는 케이터링을 하고 싶다"고 말했다. 그때부터 몇 번의 이벤트에서 케이터링을 했는데 맞춤반찬에 대한 평판은 모두 좋았다. 한 이벤트에서는 다음에도 꼭 해달라며 재의뢰를 받을 정도였다.

예를 들어 이벤트의 아이콘이 고양이고 테마 컬러가 보라색인 어느 단체의 케이터링에서는 무를 보라색 양배추로 물들인 뒤 고양이 모양 틀로 찍어 만든 '보라색 고양이'를 샐러드 위에 올렸다. 또 일본의 시골마을들을 취재하고 왔다는 인터넷 미디어의 이벤트에서는 지금까지 취재했던 지역에서 직접 식재료를 공수해 요리하기도 했다. 요리보다도 그 이벤트를 이해하고 그 단체다움을 이해하는 데에 생각을 집중하고 몰두한 결과, 참가자들의 평가는 점점 더 좋아졌다.

'이벤트를 위한 맞춤요리가 맛있다면, 나 하나만을 위한 맞춤요

리는 분명 더 맛있다고 느낄 것이다!'

이벤트에 참여하면 할수록 확신은 강해졌고 최종적으로는 '맞춤반찬을 해도 되겠다'는 판단을 할 수 있었다.

맞춤반찬은 가게에도 이익

종래의 음식점에서는 '손님이 원하는 것을 제공하자'는 목표로 메뉴를 만드는데, 그 결과 메뉴가 다양해질수록 손님의 만족도가 올라간다는 논리가 주류를 이루게 되었다. 나는 이 논리에 동의하지 않는다.

요리를 제공해 손님이 만족하는 경우를 공 던지기로 설명해보자. 종래의 방식은 공을 50개, 100개 던져 하나라도 맞으면 된다는 것이다. 반대로 맞춤반찬이 던지는 공은 하나뿐이다. 하지만 손님을 바로 앞까지 데리고 와 던지기 때문에 정확히 맞출 수 있다. 공이 하나라는 것은 가게 쪽에도 장점이 된다. 그렇다면 맞춤반찬이 가게에 어떤 이익을 가져다 줄까?

① 재고 손실 절감

다양한 메뉴를 제시하는 종래의 방법은 어떤 재료가 하나 떨어지면 그 재료가 들어가는 메뉴를 전부 제공할 수 없게 된다. 그래서 손실이 발생한다. 예를 들어 '오므라이스'가 메뉴에 있다면 달

갈을 꼭 준비해두어야 하고, 냉장고에서 달걀이 떨어져서는 안 된다. 맞춤반찬은 이와는 달리 처음부터 냉장고에 있는 재료 중에서 좋아하는 것을 고르게 하는 방법이기 때문에 특별히 비축해두어야 하는 재료가 없다. 점심시간이나 어제의 식재료 중 남은 것을 사용해서 조리하기 때문에 식재료 손실이 아주 적다.

참고로 정식의 자투리 재료는 맞춤반찬만이 아니라 다음 날 곁들임 반찬에 사용하기도 해서 미래식당의 식재료 폐기율은 거의 '0'이다. 가령 메뉴가 전갱이튀김 정식이었던 날 준비했던 전갱이가 남으면, 그것을 다져서 둥글게 빚어 구운 뒤 다음 날 곁들임 반찬으로 내기도 한다.

가정에서의 요리를 생각하면 "그런 활용은 저희 집에서도 하고 있어요"라며 당연하다고 이야기할지 모른다. 하지만 나가는 메뉴가 정해져 있는 음식점에서는 상당히 힘든 일이다. 실제로 내가 요리에 대해 배웠던 곳 중에 당근을 '채썰기'와 '은행잎 썰기' 두 가지 방식으로 밑 작업 하는 음식점이 있었다. 이곳에는 요리를 하고 남은 당근 중 '은행잎 썰기'는 된장국에 넣어도 되지만 '채썰기'는 넣으면 안 된다는 규칙이 있어, '채썰기' 당근을 많이 버렸다.

버리는 식재료도 손님에게 받은 돈으로 구입하는 것이기 때문에, 식재료 폐기는 손님에게도 헛돈을 쓰게 만드는 꼴이다. 음식점에서의 식재료 폐기를 실제로 보면 정말로 안타까운 마음이 든다. 이런 마음이 맞춤반찬을 시작하게 된 동기다.

② 새 메뉴를 시작할 때의 부담 경감

하나의 요리를 '새 메뉴'로 내놓는 데에는 많은 노력이 들어간다. 몇 번이나 시제품을 만들고, 재료 견적을 내고, 메뉴판을 디자인하고, 손님에게 알리는 일련의 과정을 거쳐야 하기 때문이다. 음식점에는 매일매일 아주 사소한 것까지 포함해서 시간이 드는 일들이 많다. 이런 상황에서 새 메뉴까지 생각한다는 것은 현실적으로 상당히 어려운 일이다. 실제로 내가 일했던 배달음식점에서는 "건강 도시락을 만들고 싶다"라는 사장의 말에 반찬 담당이 새로운 메뉴를 구상하려면 적어도 3개월은 걸린다고 대답하기도 했다.

그에 반해 맞춤반찬은 그 자리에 있는 손님을 만족시키면 되기 때문에 앞에서 말한 일련의 과정이 필요 없다. 즉 사무적인 노력 없이도 '신선함'을 제공할 수 있는 것이다. 다시 말해 맞춤반찬은 요리 기술을 필요로 하지만 사무적인 노력은 요구하지 않기 때문에 요리인의 본질에 맞게 시간을 쓸 수 있게 만든다.

또 맞춤반찬은 손님의 취향 조사에도 도움이 되기에 '이 맞춤반찬 주문이 자주 들어오네? 이거 메뉴화하자'와 같이 손님의 요망을 이해한, 정밀도 높은 메뉴를 만드는 것 역시 가능해진다.

③제조업체나 농가 사람들과의 협력이 늘어난다

맞춤반찬이라는 융통성 높은 시스템이 있어서인지 미래식당에는 제조업체나 농가 사람들이 직접 재료를 가지고 오는 경우가 많다. 예를 들어 한 식품제조업체가 개발한 가쓰오부시를 받아서 된장국에 넣은 뒤 손님에게 감상을 묻기도 했고, 지역살리기 운동을 하는 사람이 자기 밭에서 수확한 채소를 가져와 요리에 넣기도 했다. 또 다른 식품제조업체 사람은 개발하고 있는 양념을 가져와 미래식당의 맞춤반찬에 자유롭게 사용했으면 좋겠다고 한 적도 있다. 아마 메뉴가 매일 바뀐다는 것이 가장 큰 이유인지 모른다. 융통성 있고 좋은 느낌으로 사용해줄 것 같은가 보다.

이전에는 계약농가처럼 음식점과 생산자가 가까워지기 위해서 오랜 거래 관계가 있어야만 했다. 하지만 미래식당에서는 일생에 단 한 번, 그 날 그 자리에서만의 협력이 가능하다는 점이 크게 다르다. 제조업체나 농가 사람은 생각났을 때 편하게 미래식당을 이용할 수 있기에 부담이 적다. 그 결과, 항상 오는 손님이 "오늘은 된장국 육수 좋은 거 썼네요"라고 좋아해줘서 가게 입장에서도 고맙다.

점심시간은 맞춤반찬 없이

맞춤반찬은 저녁 6시부터 가능하다. 점심시간에는 맞춤반찬을 하지 않는다. 이것은 오피스 거리의 점심 니즈(빨리, 싸게)와 맞춤 반찬이 일치하지 않기 때문이다. 점심 때는 맞춤반찬을 하지 않고 메뉴를 하나로 통일하기 때문에, 쿠킹 스토브나 작업대 위에 쟁반을 올려놓는 등 공간을 최대한 활용할 수 있다. 다시 말해, 가게 전체를 비즈니스 점심용으로 맞추는 것이다. 그 결과 효율적으로 움직여 불필요한 노력이 줄어들고, 기존 음식점의 같은 가격대 점심 식사보다 더 좋은 음식을 제공할 수 있다.

손님 중에는 "맞춤반찬처럼 비효율적인 부분과 점심시간에 몇 회전이나 하는 아주 효율적인 부분이 양립한다는 것이 재미있다"고 말하는 사람도 있는데, 나 개인적으로는 상반되는 것을 하고 있다고 생각해본 적이 없다. 어느 쪽이든 손님이 원하는 것에 가게가 최대한 맞추려고 노력하다 보니 나온 것이기 때문이다.

진정한 목표는 맞춤반찬이 사라지는 것

지금까지 맞춤반찬에 대해 설명했다. 그렇다면 실제로 가게에서 맞춤반찬을 얼마나 자주 만들까? 사실은 별로 자주 만들지 않는다. 왜냐하면 미래식당의 진정한 목표는 '맞춤이 없는 것'이기 때문이다.

"앞에서 그렇게나 맞춤반찬의 중요성을 설명하더니 이제 와서 무슨 소리야?"라고 되묻는 사람이 있을지도 모르겠다. 맞춤반찬은 앞에서 이야기한 것처럼 상대의 '보통'을 받아들이는 시스템이다. 말하자면 비상구라 할 수 있다. 평범한 식사로 만족할 수 있어 그렇게까지 힘들지 않다면 무리하게 비상구를 이용할 필요는 없다. 애당초 미래식당의 정식은 주요리에 곁들임 반찬이 3가지인, 제철 재료를 사용한 균형 잡힌 한 끼 식사다. 처음 온 손님이 맞춤반찬을 주문하면 "정식을 드시고 부족한 것 같으면 그때 맞춤반찬을 주문해주세요"라고 말한다. 처음에는 맞춤반찬을 원한다고 했어도 식사를 하고 나면 그 중 90퍼센트는 결국 주문하지 않는다. 개인적으로는 이것이 좋은 상태라고 생각한다. 기본 정식으로 대부분의 사람이 만족할 수 있다면 일부러 맞춤 제작을 할 필요가 없다. 손님 또한 쓸데없는 돈을 내지 않아도 된다.

"요즘 추워서 잠을 잘 못 자요"라고 말한 손님에게 냉장고에 남아 있던 유자를 그대로 줬던 일도 있었다. "집으로 돌아가서 따뜻한 유자차를 만들어 드세요"라고 하자 그 손님은 아주 기뻐했다. 이런 식으로 상대의 기대에 부응할 수 있다면 무리하게 요리할 필요는 없다고 생각한다.

미래식당은 왜 맞춤반찬을 적극적으로 권하지 않는 걸까? 이 부분은 손님 접대 노하우이기도 해서 말로 표현하기 어렵지만 최대한 설명해보겠다. 어떤 계기를 통해서 미래식당의 맞춤반찬에 대해 알게 되고 '맞춤반찬을 주문해보고 싶다'고 생각한 사람은 당연히 맞춤반찬을 목적으로 이곳을 방문한다. 그 주문을 받을 때 내가 "맞춤반찬을 원하십니까? 사용하고 싶은 식재료를 골라주세요"라고 바로 이야기하면 그 손님은 '맞춤반찬이 이런 거구나. 괜찮네'라며 최단거리로 목적을 달성했다고 느끼게 된다. 그러면 미래식당을 충분히 즐긴 듯한 기분이 들어 다시 오겠다는 생각을 하지 않게 될 것이다.

중요한 건 손님이 만족스러운 체험을 할 수 있도록 돕는 것이다. 맞춤반찬은 나의 예일 뿐이다. 맞춤반찬을 먹겠다는 처음의 목적을 달성하지 못했어도 '맞춤반찬을 먹지는 못했지만 그래도 즐거웠어. 또 와야지'라고 생각하게 만드는 것이 목표다.

이런 결심을 하게 된 것은 다양한 미디어에 맞춤반찬이 보도되면서 너무 유명해졌기 때문이다. 평소와는 전혀 다른 스타일의 고객들이 계속 들어와 "맞춤반찬을 체험하러 왔습니다. 맞춤반찬 부탁드리고 싶은데요"라고 주문했다. 앞에서도 이야기했듯이 맞춤반찬은 상대를 있는 그대로 받아들이는 것이기에 나도 심리적인 에너지가 많이 들어가고 스트레스가 쌓인다. 그런데 맞춤반찬만을 목적으로 온 손님이 갑자기 늘어나자 내 피로도도 급격히 높아졌다.

특히 어느 유명한 회사의 경영자가 "맞춤반찬은 재고 손실을 없애는 아주 획기적인 비즈니스 모델이다"라고 칭찬을 했을 때였다. 그 후 누가 봐도 비즈니스맨 같은 남자들이 한 명씩 계속 들어와 맞춤반찬을 주문했다. 그러고는 다들 말 한마디 없이 담담히 음식 사진만 찍고 갔다. 정말 원하는 반찬이 있는 것도 아닌데, 맞춤반찬을 체험해보고 싶다는 이유의 주문이 이어지자 기가 완전히 빨리는 느낌이 들었다.

물론 이런 상황에서 손님이 주문하는 대로 적당히 기계적으로 만들어주면 매출은 올라갈 것이다. 하지만 이것은 내가 맞춤반찬에 담고자 하는 마음과 너무나도 상반된 행동이었다.

그 후 손님이 "맞춤반찬을 주문해보고 싶은데요"라고 했을 때, "밥반찬이 좀 더 있었으면 좋겠다고 생각하시면 추가로 달걀이나 우메보시를 주문할 수 있어요. 50엔(약 500원)만 더 내시면 돼요"라고 슬쩍 돌려 말한다. 이런 경우에는 대략 90퍼센트의 손님이 "그럼 그걸로 해주세요"라고 말한다. 그 외에도 식사 중 맞춤반찬을 주문해보고 싶다는 손님에게 "뭔가 부족한 음식이 있으세요?"라고 물으면 "그런 건 아닌데…….. 유명하다니 한 번 주문해보고 싶어서요"라고 대답하는 경우가 대부분이다. 그 마음은 이해하지만 "먹고 싶은 것이 있을 때에 맞춤반찬을 주문하시는 게 좋아요"라고 말한다. 그러고 나서 냉장고에 남아 있는 음식이나 손님에게 받은 아이스크림을 적당히 나눠준다. 그것만으로도 손님은 특별한 체험을 했다고 생각해 만족한다.

맞춤반찬을 주문하지 않아도 자신이 특별한 체험을 했다고 느끼면 되기 때문에, 가게에서 아주 작더라도 즐거움을 줄 수 있다면 그걸로 충분하다. 그 결과, '맞춤반찬은 주문하지 않았지만 그래도 재밌었다. 다음에 또 와야지'라는 생각을 한다. 이렇게 손님을 대해서인지 미래식당에는 재방문 손님이 많다.

맞춤반찬을 우리 가게만의 특색이라고 어느 정도 내세워야 할지 몰라 여전히 시행착오 중이다. 사실 맞춤반찬이 재고 손실을 줄여준다고 하지만, 애당초 남은 식재료는 다음 날 곁들임 반찬에 쓰면 되기 때문에 재고 손실을 줄이기 위해 일부러 맞춤반찬을 할 필요는 없다. 하지만 맞춤반찬 때문에 '그 식당은 나를 위한 식당이다'라고 생각해주는 손님이 분명 있다. 그런 손님을 위해 이 비상구를 남겨 두고 싶다.

미래식당의 오픈소스
맞춤반찬

다양한 용도로 쓸 수 있는 재료를 준비한다 `난이도 ★☆☆☆☆`

주문이 들어오고 난 다음에 채소를 다듬고 데쳐서 조리하면 음식이 나가는 데까지 시간이 너무 많이 걸린다. 주요 식재료는 미리 다양한 용도로 쓸 수 있게 준비해두자. 가령 당근이라면 '데쳐서 비져 썰기, 생으로 채썰기, 생으로 막대 썰기, 생으로 은행잎 썰기'로 골고루 준비할 수 있다. 물론 이렇게 밑 손질을 해둔 식재료가 맞춤반찬으로 나가지 않았을 경우, 주요리를 만들 때 전부 사용할 수 있도록 조리 설계를 해야 한다. 또한 시간 낭비를 줄인다는 의미에서 보면, 앞에서 예로 든 '데쳐서 비져 썰기'가 데치기 때문에 시간이 가장 오래 걸리니 이것만이라도 준비해두는 것이 좋다.

재료의 수보다는 기술을 높이는 데 중점을 둔다 `난이도 ★☆☆☆☆`

손님의 요청에 맞게 맞춤반찬을 만들기 위해서 각가지 재료를 다 준비해놓을 수는 없다. 따라서 식재료의 종류로 승부를 보는 것이 아니라, 가지고 있는 것들을 어떻게 손님의 요청에 맞게 요리하는가에 초점을 맞춰야 한다.

예를 들어 손님이 "아귀간이 먹고 싶어요"라고 주문했다고 하자. 하지만 아귀간은 따로 준비해두지 않으면 낼 수 없는 재료다. 이럴 때 "가게에 아귀간이 없네요. 하지만 튀긴 가지에 오로시폰즈를 얹어 먹으면 아귀간과 비슷한 맛이 나요. 그렇게라도 해드릴까요?"라고 제안하면 손님의 실망이 적어진다. 물론 이때 손님이 정말 원하는 것이 무엇인지를 사전에 이해하고 있어야 한다.

원래 맞춤반찬은 '많은 공을 들이는 것이 아니라 약간의 수고를 조금 더 하는 정도'로 생각해 만든 시스템이다. 따라서 식재료를 갖추려고 노력하기보다는 요리 기술을 늘려 손님의 요청과 최대한 비슷하게 만드는 것이 맞춤반찬의 콘셉트에 더 잘 맞는다고 할 수 있다.

맞춤 범위 이외의 것들을 단순화시킨다 | 난이도 ★★☆☆☆ |

일반 음식점처럼 많은 메뉴 중에서 원하는 걸 먼저 고른 후 다시 맞춤반찬으로 먹고 싶은 걸 생각하라고 하면 손님들 대부분이 어려워할 것이다. 가게 입장에서도 일반 메뉴 주문만으로도 바빠 정신을 못 차리고 있는 와중에 맞춤반찬 주문까지 받으면 힘들 것이다. 미래식당에서는 단 한 가지의 메뉴만 부담 없이 신속하게 제공하는 것으로 맞춤반찬을 만들 여력과 시간을 벌고 있다.

손님이 주문하기 쉽게 설계한다 난이도 ★★★☆☆

"손님이 원하는 대로 요리를 해드립니다. 원하는 걸 주문해주세요" 라고 말하면 대부분의 손님은 어떻게 주문해야 할지 몰라 당황한다. 맞춤반찬 시스템이 잘 돌아가려면 처음 온 손님도 쉽게 주문할 수 있도록 설계해야 한다. 미래식당에서 맞춤반찬을 설계할 때 염두에 둔 것이 바로 다음의 여섯 가지다.

① 가격을 명확히 한다

'맞춤반찬 하나당 400엔'이라고 명확히 고지하고 있다.

② 선택에 제약을 둔다

'재료를 2개까지 고를 수 있습니다'라고 선택에 제약을 두면 고르는 스트레스를 줄일 수 있다.

③ 대상에 제약을 둔다

맞춤반찬의 대상은 가능한 한 반찬(곁들임 반찬)으로 한정하고 있다.

손님이 도대체 이 서비스로 뭘 할 수 있는지를 알지 못하면 주문하기 어렵기 때문이다. 물론 상대에게 한 발짝 더 다가선 서비스이기 때문에 정식 풀 세트(주요리, 반찬, 밥, 국)의 '맞춤 주문'도 가능하다. 하지만 그것은 어디까지나 특수 주문이고 '맞춤 주문할 수 있는 것은 반찬'이라는 알기 쉬움이 깨지지 않도록 신경 쓰고 있다.

④ 선택지를 가시화한다

'냉장고 안에 있는 재료' 목록을 통해 선택지를 눈에 보이도록 만든다. 양념까지 세세히 기재하면 맞춤반찬의 이미지를 좀 더 쉽게 떠올릴 수 있다.

⑤ 비주얼로 설명한다

맞춤반찬의 진행 과정을 이미지로 설명해 '냉장고 안에 있는 재료' 목록과 함께 손님에게 건넨다.

⑥ 과거의 사례를 보여준다

'이런 맞춤반찬도 있다'고 소개해 손님이 아이디어를 쉽게 떠올리도록 돕는다.

손님을 만족시키지만 무리는 하지 않는다 `난이도 ★★★☆☆`

맞춤반찬은 시간을 들여 하나부터 열까지 다 만드는 것이 아닌, 기존에 있는 것으로 손님의 요구를 충족시키는 시스템이다. 예를 들어 식재료에 '찐 닭'이 있다고 하자. 여기에 카레가루를 넣으면 에스닉 푸드로, 토마토소스를 뿌리면 양식풍으로, 폰즈를 뿌리면 일식풍으로 얼마든지 응용할 수 있다.

그리고 품을 너무 많이 들이지 않아도 된다. 예를 들어 간사이 사투리를 쓰는 손님에게는 일반적인 대파가 아니라 간사이 지방에서 많이 소비되는 종류의 파를 사용하거나, 밥에 맞는 반찬을 찾는 손님에게는 간을 조금 조절하는 등 약간만 정성을 들여도 무리 없이 손님을 만족시킬 수 있다.

새로운 개념에 대해 이용자의 이해를 얻는다 `난이도 ★★★★★`

맞춤반찬에 대한 설명을 읽고 '뭔가 어려운 것 같다'고 생각할지도 모르겠다. 확실히 맞춤반찬을 운영하는 데 필요한 능력은 적지 않다. 손님의 요청을 듣고 이해하는 능력이나 그것을 요리에 적용시키는 조리 기술이 있어야 한다.

앞에서도 이야기했듯이 나는 개인으로 케이터링을 맡기도 하고, 6가지 다른 스타일의 주방에서 노하우를 배우기도 하면서 조리 기술을 갈고닦았다. 하지만 이런 수련 과정 없이 맞춤반찬 시스템을 만들 수는 없을까? 가능하다. 왜냐하면 맞춤반찬은 주문만 하면 뭐든지 나오는 마법이 아니라 오히려 평범한 가정의 부엌에서 일상적으로 자주 하는 대화 같은 것이기 때문이다. "오늘 뭐 먹고 싶어?"와 비슷한 정도의 서비스인 것이다.

어떤 서비스도 처음 시작할 때가 가장 어렵다고 생각하지 않는가? 그 서비스가 동의를 얻고 널리 이해될 때까지는 일정한 시간과 노력이 필요하다. "이 정도의 금액과 시간이면 이 정도의 수고를 들여주는구나" 하는 이미지를 공유할 수 있다면 요구되는 능력도 명확해지고 난이도도 낮아진다.

요식업계 종사자들 중에는 근처에서 점심 뷔페를 시작했다고 하면 "맛있는 음식을 마음껏 먹을 수 있다니 멋지다!"라며 그쪽으로 확 쏠리기보다 "점심 뷔페라면 이런 정도겠지"라고 어느 정도 예측하고 대응하는 사람이 더 많을 거라 생각한다. 이것은 '뷔페'라는 개념이 이 세상에 널리 스며들어 있기 때문이다.

이 세상에는 아직 '맞춤반찬'에 대한 생각이 퍼져 있지 않기 때문에, 맞춤반찬 시스템을 도입하려면 무엇보다 먼저 주변에 그 개념을 알리는 것부터 시작해야 할지도 모른다. "도대체 뭐를 만들어준다는 거야?" 하는 기대가 압박으로 다가올 수도 있다. 하지만 사람과 사람

이 서로 마주하는, 예나 지금이나 변하지 않는 본연의 자세로 좋은
것을 계속 만들어낸다면 상대도 점차 그 개념을 이해하게 될 것이다.
그러다 보면 어느새 당신 가게만의 '색'이 만들어질 것이다.

음료반입으로 생긴 이익을
가게가 돈으로 받는 것이 아니라
다른 손님에게 돌려주는 형태,
이것이 바로 음료반입 시스템의 본질이다.

5장

절반의 기부,
음료반입

음료반입

카운터에 있는 음료는 다른 손님들이 가져온 것입니다.

그렇기 때문에 마음대로 드실 수 있습니다.

!?

판매하는 술도 있지만……. (상당히 좋은 술입니다.)

정식
저녁 반주 세트 900엔
일품요 1품 950엔
맞춤반찬 800엔
조 400엔
400엔

원하는 음료를 가져오는 건 자유.

가게에 절반을 주면 OK.

그렇게 받은 음료를 다른 손님에게 대접하고 있습니다.

우와!

괜찮으시면 드세요.

반입료는 얼마예요?

요금은 안 받아요.

음료 무료, 반입료 무료. 가게 운영이 돼요?!

◆

카운터에 놓여 있는 음료를 마음대로 마실 수 있습니다. 미래식당에서는 음료를 자유롭게 반입할 수 있는데, 대신에 가져 온 음료의 절반을 가게에 줘야 합니다. 카운터에 놓여 있는 음료는 누군가에게 받은 것입니다. 마음껏 드세요.

대체 음료반입이 뭔가요?

"자기가 마시고 싶은 것은 뭐든지 반입 가능. 다만 절반은 가게에 기부"라는 단순한 규칙이지만 이 말을 처음 들은 손님들 대부분이 어리둥절해한다.

"절반 기부라니 무슨 뜻이에요?"

"예를 들어 맥주 2병을 마시고 싶으면 4병 가져오면 되고, 일본주를 한 병 가져오면 절반은 마시고 절반은 가게에 주면 돼요. 술뿐만이 아니라 커피나 주스를 가지고 오는 사람도 많아요."

내 설명을 듣고서도 아직 잘 모르겠다는 듯 미묘한 표정을 짓는 손님이 많다. 자신에게 이득인지 손해인지, 애초에 이 방식으로 가게가 운영될 수 있는지 등 궁금한 것들이 계속 생기는 것 같다.

"그러면 남은 술을 어떻게 해요?"

"카운터에 놔두면 옆에 앉은 손님이나 다음에 온 손님이 마실 수 있어요."

이 말에 "그렇구나! 재미있네요" 하고 즐거워하는 손님도, "그렇게 손님들이 마실 걸 가져오면 가게에 손해 아니에요?"라며 점점 더 이상하게 생각하는 손님도 있다. 손해인지 이득인지는 잠시 놔두고 실제로 어떤 것이 반입되고 있는지 살펴보도록 하자.

자주 들어오는 것은 일본주나 일본 소주다. 미래식당에 가지고 오면 혼자서는 다 못 마시는 사이즈라도 누군가와 함께 마실 수 있고, 다양한 종류를 마셔볼 수도 있어서 즐겁다고 한다. 점심시간이 끝난 후에는 가게에 놓여 있는 책을 읽으면서 느긋하게 시간을 보내고 싶은 사람이 따뜻한 커피를 두 개 사오기도 하고, 종이 팩 주스를 가져오기도 한다. 참고로 미래식당에는 '차' 메뉴가 있다. 그래서 정식을 먹지 않고 무알코올 음료만 가져오기를 원할 때는 차 요금을 반입료로 받고 있다.

미래식당에는 이렇게 '차' 메뉴가 있지만 커피는 없다. 차로 마실 수 있는 것도 카운터에 준비해둔 보리차뿐이다. 커피를 마시고 싶어 하는 손님에게는 음료반입에 대해 설명하고, 원하는 만큼의 커피를 바로 위에 있는 편의점 등에서 사오도록 안내하고 있다.

처음에는 커피도 판매했다. 그래서 주문이 들어올 때마다 커피를 끓였는데, 잘 생각해보니 반입료만 받고 좋아하는 음료를 사오게 하면 된다는 결론에 이르렀다. 그래서 그때부터 이런 방식으로 바꿨다. 차 요금은 300엔(약 3,000엔)이고, 위층에서 팔고 있는 편의점 커피는 100엔(약 1,000엔)이다. 미래식당에서 커피를 한 잔 마셨을 때 내는 돈은 일반 커피전문점에서 지불하는 비용 정도가 되도록 차 요금을 조정하고 있다. 그래서 미래식당에서 커피를 마실 때의 비용은 '300엔 + 100엔 × 2개 = 500엔'이 된다. 실제로 차 요금을 내는 사람 중 커피를 사오는 사람은 전체의 20퍼센트 정도다. 다시 말해 80퍼센트의 사람은 꼭 커피를 마시고 싶었던 것이 아니었기 때문에 커피를 팔지 않기로 한 판단은 합리적이었다고 생각한다.

반입한 음료는 전부 가게에 있는 찻잔으로 마시는 규칙이 있다. 설거지하기가 힘들기 때문에 특별한 컵을 내놓지 않는다. 예를 들어 뜨거운 커피가 들어왔다면 찻잔에 사람 수대로 나눠 담아 그 자리에 있는 모든 손님과 사이좋게 나눠 마신다. 미래식당에서 사용하고 있는 찻잔은 두툼한 복고풍 찻잔이라 이것으로 커피나 와인을 마신 손님은 찻잔으로 마시니 신선하다며 웃기도 한다. 일본주는 복고풍 찻잔이 '딱!'이라며 집에서 먹는 것 같다고 좋아하는 손님이 많다.

제조업체에 다니는 사람이 개발 중인 음료를 가지고 오는 경우도 있다. 가게에 여러 연령층의 남녀가 오기 때문에 "목 넘김이 좋네요", "너무 달아요" 등의 다양한 의견이 나온다. 같은 음료를 마시며 대화를 하면 편안해지기 때문에, 딱딱한 인터뷰가 아니라 자연스러운 감상을 들을 수 있다. 그래서 제조업체 사람들도 좋다고 말한다.

음료 외에도 간단한 마른안주나 과자 정도라면 가지고 와도 상관없다고 말하고 있기 때문에 스낵이나 마른안주, 직접 만든 절임, 아이스크림, 과일 등 여러 가지를 손님들에게 받고 있다. 한 번은 냉장고 안에 남은 재료가 하나도 없었다. 그때 간단한 안주가 필요했던 손님이 근처 편의점에 가서 레토르트 반찬을 사가지고 왔다. "편의점의 고등어 된장조림 꽤 괜찮지 않아요?"라는 이야기를 하며 나에게도 대접해주었다. 평소에 편의점 반찬을 먹지 않는 내게는 여러 가지를 한 번에 먹을 수 있는 귀중한 체험이었다.

12개의 자리밖에 없는 가게라 손님 몇 명이 음료반입을 하면 카운터 위는 금방 꽉 찬다. "이 일본주는 저쪽에 있는 손님이 가져오셨고, 이 와인은 이쪽에 있는 손님이 가져오셨어요"라고 안내

하면 음료반입이 처음인 사람은 너무 놀라서 "정말로 마음대로 마셔도 돼요?"라고 되묻는다. 그때 "마음껏 드세요"라며 카운터 반대쪽에서 손을 흔들며 권하는 손님, 기분 좋게 술을 잔에 따라주는 손님까지 아주 다양하다.

이익을 손님에게 되돌려주는 시스템

음료반입은 문 열기 전부터 구상했던 것이 아니라 미래식당을 시작하고 나서 만든 시스템이다. 문 연 직후부터 왜 그런지는 모르겠지만 뭔가를 사다주는 손님이 많았다. 나는 그 마음만으로도 충분하다고 감사를 표하고, 그것을 그 자리에 있는 손님들께 나눠주었다. 그러자 받은 분은 물론이고 가지고 온 손님도 아주 기뻐했다. 이런 기쁨의 순환을 보고 '이 선의를 시스템화할 수 없을까?'라는 생각을 했다. 그리고 그 생각 끝에 '뭐든지 가져오는 것은 자유, 다만 가져온 양의 절반은 가게에 기부'라는 음료반입 시스템이 탄생하게 되었다.

사실 언젠가 가게를 열겠다고 마음먹은 15살 때부터 나는 바처럼 주류판매가 메인인 가게를 생각했다. 음식점을 떠올리지 않았던 이유는 당시에 편식이 심했기 때문이기도 하고, 내가 상상하는 가게가 좀 더 주류업에 가까웠기 때문이다.

그 무렵 인연이 닿아 그 세계를 엿볼 기회가 있었는데, 거기서

본 하나하나가 중학생이었던 내게는 큰 충격이었다. 그 중 충격이 가장 컸던 것은 그곳 사람들이 돈을 쓰는 방식이었다. 어느 가게에서 사장을 비롯해 종업원과 손님이 모여 떠들썩하게 놀던 때의 일이었다. 초밥집에서 일하는 단골손님을 장난삼아 불러내기 위해 그 집에 배달 주문을 했다. 초밥집 요리사는 기쁜 듯하면서도 곤란한 듯한 표정으로 배달을 왔다. 그때까지 본 적도 없는 큰 용기에 한가득, 10인분이 넘는 초밥이 담겨 있었다. 사람들이 그렇게 붙잡는데도 이제 가게로 돌아가봐야 한다며 떠난 초밥집 요리사가 머문 시간은 10분이 채 안 됐을 것이다.

그런데 이보다 더 큰 충격은 그 초밥에 아무도 손을 안 대고 전부 다른 가게로 이동했다는 것이다. 지금 생각해보면 뒷정리도 안 하고 가게 문을 닫는 경우는 없으니까 분명 남아 있는 직원이나 아르바이트생이 뒷정리를 하는 틈틈이 맛있게 먹었겠지만, 그래도 그 양은 보통 많은 게 아니었다.

당시 주류업계에는 자신의 커뮤니티 안에서 돈을 펑펑 쓰는 경제 모델이 있었던 것 같다. 이런 식으로 가게나 손님들에게 즐거움을 주기 위해 돈을 쓰는 그 느낌을 일반인들도 이해할 수 있는 형태로 만들어보자고 생각한 것이 음료반입의 원형이다.

절반을 주면 음료의 반입이 가능하다니, 주류업계의 시선으로 보면 아주 후한 설계라는 생각이 든다. 하지만 보통의 세계에서는 절반 정도의 기부가 현실적일 것이다. (참고로 나는 다른 가게에 내가 먹고 싶은 것을 가져갈 때 10배 정도를 가져가 기부한다.)

음료반입 시스템을 시작했던 초기에는 "음료반입은 가능한데 다른 손님의 몫도 함께 가져와주세요"라고 부탁했다. 그랬더니 5배 넘게 가져오는 사람도 있었지만 한 입만큼만 가져오는 사람도 있었다. 이렇게 '다른 손님의 몫'으로 가져오는 양이 다른 건 공평하지 않다는 생각이 들었다. 그래서 일률적으로 2배를 가져와달라고 부탁하게 되었다.

'반입료를 받지 않는 대신 2배의 양을 가져오게 해서 절반을 받는다'라는 생각도 처음부터 자연스럽게 떠오른 것은 아니다. 가게를 시작했을 무렵에는 "술은 한 종류밖에 없어요?"라고 묻는 손님도 있고, 좀 더 다양한 술이 있었으면 좋겠다는 요청도 있었다. 사실 우리 가게 있는 이 단 한 종류의 일본주는 "가게에 이것만 둘 테니 어떻게든 공급해주세요"라고 부탁해서 들여놓은, 도쿄 내에서도 귀한 술이다. 이것저것 손을 델 정도로 술에 대해 잘 아는 것도 아니고, 술의 종류가 늘어나면 저녁 서비스인 맞춤반찬을 만들 시간이 부족해진다.

'내가 준비할 수 없다면 손님이 직접 가져오게 하면 된다.'

이런 생각을 떠올리는 데는 많은 시간이 걸리지 않았지만, 반입료를 받는 것에 대해서는 아무래도 손님이 납득하지 못할 것 같아

쉽게 행동으로 옮기지 못했다.

손님이 술을 사서 미래식당에 올 때 미래식당은 아무런 준비도 하지 않는다. 손님이 자기가 마실 술을 자기 돈으로 사오는 것뿐인데 "음료를 가지고 오시면 500엔을 받습니다"라고 하는 건 뭔가 편하게 돈을 버는 것 같아 '교활'하다는 생각이 들었다. 그렇지만 가게에서 자리를 차지한 채 음료를 마시는데 매출은 올라가지 않으니 그에 대한 대가를 받긴 해야 했다. '반입료'의 찝찝함을 해결하기까지 그로부터 며칠이 더 걸렸다.

내가 느꼈던 '찝찝함'을 말로 풀어보면, 손님과 가게의 관계가 닫혀 있기 때문에 가게가 '이득'을 독점하는 것을 납득하지 못해 생기는 감정이었다. '반입료'는 사실 "원래라면 가게에서 음료를 사 마셔야 하는데 밖에서 가지고 와 죄송합니다"라는 의미의 요금이다. 말하자면 손님과 가게가 '음료를 가지고 와서 맛보는 즐거움'과 '돈'을 교환하고 있는 것이다. 하지만 이렇게 하면 둘 사이에서 관계가 종료된다. 만약 손님이 즐거움의 대가를 가게가 아니라 다른 손님에게 지불하도록 하면 어떨까? 그러면 손님들 사이에 순환이 생기면서 열린 관계가 새롭게 만들어질 거라는 생각이 들었다.

음료반입으로 생긴 손님의 이익을 가게가 돈으로 받는 것이 아니라 다른 손님에게 돌려주는 형태. 이것이 바로 음료반입 시스템의 본질이다.

'음료를 가져오는 손님과 가게에서 주문하는 손님 사이에 불공평이 생긴다면 가게가 관여하는 것이 아니라 손님들끼리 해결하도록 돕는다.'

이런 생각으로 설계한 음료반입 시스템은 옆에서 보면 이상하게 생각될 수도 있다. 그러나 나에게는 반입료를 받을 때 느끼는 찝찝함을 해소할 수 있는 최고의 시스템이다.

이득을 보는 사람은 누구?

이 음료반입 시스템은 다른 사람이 마실 것도 사가지 않으면 안되기 때문에 가져온 손님이 손해인 것처럼 보인다. 그렇다면 이득을 보는 사람은 누굴까? 세 가지 입장으로 나눠 생각해보자.

① 가져오는 사람

얼핏 보면 가져오는 사람이 손해인 것처럼 느껴진다. 그런데 대부분의 음식점은 '음료로 이익을 내는' 구조로 되어 있기 때문에, 음료의 원가를 5~20퍼센트로 설정하여 값을 정하고 있다. 따라서 2배 분량의 음료를 가져오더라도 원가율이 50퍼센트니 오히려 이득이라 할 수 있다. 집에서 혼자 마시는 것과 비교하면 확실히 비용이 2배가 되어 손해지만, 음식점에서 음료를 주문할 때를 생각하면 이득이라는 의미다.

그리고 자기가 정말 마시고 싶은 것을 마시고 싶은 만큼 살 수 있는 것도 장점이다. 예를 들어 맥주와 비교하면 발포주는 싼 술이지만, "오늘은 많이 마시고 싶어요"라며 발포주를 왕창 사오는 손님도 있다. "편의점 와인은 다 맛있어요"라며 편의점 와인만 가져오는 손님도 있고, 소중히 간직했던 고급 일본주를 가져오는 손님도 있다. '좋아하는 것을 부담 없이 가져올 수 있다는 생각'이 결과적으로 손님이 '이득'이라고 느끼는 원인이 된다.

②받는 사람

원래라면 돈을 내야 하는 음료를 공짜로 마실 수 있으니까 당연히 이득이라고 할 수 있다.

③가게

음료로 돈을 버는 것은 아니지만 비용이 드는 것도 아니기 때문에 손해를 보지 않는다. 그리고 가게에 음료의 재고를 두지 않아도 된다는 것도 장점 중 하나다. 특히 미래식당처럼 카운터 자리밖에 없는 작은 가게에서 음료 매출을 올리겠다고 종류별로 다 구비해놓으면 눈 깜짝할 사이에 냉장고가 꽉 찬다. 7.5평(약 25제곱미터)의 작은 가게에서 다양한 술로 손님을 끌려면 아무래도 술에 많은 정성을 들이지 않으면 안 된다. 미래식당의 본분은 매일 바뀌는 정식에 있다. 만약 술이 냉장고를 다 차지해 정식의 반찬을 상온에서 보관할 수 있는 것들로만 만들게 된다면 주객이 전도된 것이다.

무엇보다도 큰 장점은 "미래식당에는 원하는 음료를 마음대로 가져갈 수 있다"는 입소문 효과와 돈도 수고도 들이지 않고 손님에게 놀라움을 제공할 수 있다는 것이다. 이 점에 대해서는 뒤에서 좀 더 자세히 이야기하도록 하겠다.

이타적으로 행동하게 만드는 비결

세 가지 입장에서의 장점을 소개했지만, 그래도 '내가 음료를 가져가면 다른 손님은 공짜로 마시게 되네. 이런 손해 보는 일은 하고 싶지 않아'라고 생각하는 사람이 있을 것이다. 다른 사람이 마실 음료까지 사야 하기 때문에 자신의 손해와 이득을 생각하면 현명하지 못한, 멍청한 행동이라는 것이다. 차라리 빈손으로 가서 다른 누군가가 가져온 것을 마시는 쪽이 이득이기 때문이다. 그렇다면 왜 미래식당에는 이런 멍청한 행동(이타적 행동)을 하는 손님이 많을까?

그 이유는 가게가 서 있는 위치에 있다. 인간은 자기가 가장 손해를 봤다고 생각하면 꽝을 뽑은 듯한 기분이 들어 유쾌하지 않다. 그렇기 때문에 미래식당의 경우에는 가게가 가장 손해를 보고 있는 것처럼 만들어, 손님이 이타적으로 행동하기 쉽게 설계하고 있다.

예를 들어 일반 음식점에 뭔가를 가져갈 경우 반입료로 얼마 정도의 돈을 내야 한다. 하지만 미래식당에서는 반입료를 받지 않는다. 손님이 음료반입을 아무리 많이 해도 가게가 금전적인 이익을 보지 않도록 신경 쓰고 있다.

찻잔에 음료를 주거니 받거니 하고 있으면 "이렇게 받아서 죄송합니다. 저도 다음에 올 때는 뭔가를 가져오겠습니다"라고 이야기하는 손님이 대부분이다. 그 손님이 다음에 음료를 가져와도 가게에는 어떤 이득도 없을 뿐만 아니라 오히려 가게에 있는 한 종류의 일본주를 주문할 확률마저 줄어든다. 이렇게 생각하면 가게는 점점 '손해'를 보게 된다.

"음료를 안 팔면 가게는 남는 게 없지 않나요?"라고 질문하는 손님도 많다. 이때 "말씀하신 대로예요. 다들 호의로 가져오시는데, 사실 가져오시는 만큼 가게에 있는 일본주가 안 팔려요. 그러니 손님께서는 안 가져오셔도 돼요"라고 대답하면 손님도 이 어이없는 가게의 입장에 "뭔가 재미있는 가게네요"라며 웃을 때가 많다. 다른 사람이 마실 것까지 가져오는 '어이없는' 행동을 하기 쉽도록 만들기 위해서는 가게가 가장 멍청해져야 한다. 이것이 바로 음료반입과 같은 이타적 행동을 하게 만드는 비결이라고 생각한다.

가게 입장에서 본 음료반입의 장점

앞에서도 이야기했듯이 가게 입장에서 음료반입 서비스의 가장 큰 장점은 "미래식당에는 원하는 음료를 마음대로 가져갈 수 있다"는 입소문 효과와 돈이나 수고를 들이지 않고 손님에게 놀라움을 제공할 수 있다는 것이다. 그러면 가게에 좋은 '분위기'가 생겨나게 된다. 가게 입장에서 본 음료반입 시스템의 장점을 좀 더 자세히 살펴보자.

① 입소문 효과

음료반입 서비스를 경험한 손님들은 처음에 깜짝 놀라지만 나중에는 다들 즐거워한다. 그러다 결국 미래식당의 팬이 되어 다른 사람에게도 가게를 추천하게 된다. 다시 말해, 광고비용을 들이지 않고도 입소문 효과를 볼 수 있는 것이다. SNS에서 미래식당의 음료반입 서비스가 자주 화제에 오르자 신문사에서 취재를 하러 오기도 했다.

음료반입 서비스를 체험하러 먼 곳에서 오는 손님도 있다. 미래식당은 오피스 거리에 있어서 밤이 되면 지나다니는 사람이 거의 없다. 그런 와중에 음료반입 서비스를 체험하기 위해 멀리서 와주시니 고마울 뿐이다.

음료를 특색으로 내세우려고 해도 '구하기 힘든 술까지 다 갖추고 있다'는 정도로는 음식점들이 빽빽이 들어서 있는 도심에서 손님들의 시선을 끌기 힘들 것이다. 실제로 아주 평범한 식당에 가봐도 흑맥주나 일본주 등 다양한 술을 구비하고 있는 곳이 많다. 이처럼 비슷한 경쟁자가 많기 때문에 오히려 음료반입 서비스가 독특한 전략이 되었다. 결과적으로 미래식당은 음료에 들이는 노력을 거의 하지 않는데도 음료에 매력이 있는 기묘한 가게 만들기에 성공했다.

② 놀라움을 제공

예를 들어 처음 간 가게에서 카운터 위의 와인을 건네주며, "앞서 오셨던 손님께 받은 와인입니다. 마음껏 드세요"라고 말한다면 놀라지 않을까? '도대체 누가 놔두고 갔을까?' 하고, 그 누군가를 상상하며 마시는 음료는 분명 특별하게 느껴질 것이다. 특별함을 느끼는 데 음료의 질은 상관없다. 가령 '편의점에서 산 싼 와인'이라고 해서 특별함이 줄어들지는 않는다. 오히려 음식점에서는 만날 수 없을 것 같은 음료이기에 특별함이 더해진다고 할 수 있다.

놀라움, 그 중에서도 낯선 누군가에게 받은 호의로 인한 놀라움은 진부한 말이지만 마음속 저 깊은 곳의 작은 '감동'으로 이어진다고 생각한다. 사람을 기쁘게 하고 감동시키는 것은 힘든 일이다. 하지만 이 음료반입 서비스는 손님이 스스로 다른 손님을 감동시키는 것이기 때문에 가게 입장에서는 정말로 고마운 시스템이다. 음료의 반입료를 받지 않는 이유에는 이렇게 다른 손님에게 감동을 준 손님에 대한 감사인사도 포함되어 있다.

③ 가게에 좋은 '분위기'가 흐른다

미래식당은 손님에게 받은 것으로 가득할 때가 많다. "다른 분들도 함께 마셨으면 해서요"라며 가져다주는 것은 보고만 있어도 기분이 좋아진다. 손님들은 서로 가져온 것을 교환하기도 하고, 다른 손님이 두고 간 것을 마시기도 하며 마음껏 즐긴다. 이런 가게의 풍경은 단순한 음식점이라기보다 손님이 손님을 생각하는 '분위기'가 있는 특별한 공간으로 느껴진다. 그래서인지 자기가 먹지도 않을 아이스크림을 올 때마다 사 오는 손님처럼, 좋은 분들께 많은 도움을 받고 있다.

그리고 또 다른 좋은 점으로 '강한 손님이 없어졌다'는 것도 들 수 있다. 일반적인 음식점의 경우 마실 것을 많이 주문하는 손님은 매상을 많이 올려주는 '좋은 손님'이다. 하지만 미래식당의 경우 애초에 일본주를 한 종류밖에 가져다놓지 않았기 때문에 그렇게 많이 주문하기 힘들다. 오히려 나는 몇 잔이나 주문하는 손님에게 "다음에는 드시고 싶은 술을 가져오세요. 그러는 편이 더 싸게 마실 수 있어요"라고 음료반입 서비스를 권하고 있다.

왜냐하면 가게에서 돈을 많이 쓰는 손님은 좋은 손님이지만 한편으로는 '강한 손님'이기도 하기 때문이다. 그래서 매상을 많이 올려주는 '단골손님'에게 가게가 휘둘리지 않도록, 그 사람들에게만 맞추면 된다고 착각하지 않도록, 고객단가에 엄청난 차이가 발생하지 않게 신경 쓰고 있다. 미래식당은 어떤 한 사람을 위한 가게가 아니라 한 사람 한 사람을 위한 가게이고 싶다.

그렇다고 돈을 많이 쓰는 손님의 숫자를 억지로 줄이는 것 역시 이상하다고 생각하기 때문에, 이것을 '장점'이라기보다 '특색' 정도로 부르고 싶다.

음료 기부를 가게가 직접 받는 이유

음료반입 서비스는 '가지고 온 양의 절반을 가게에 준다'는 형태로, '다른 손님에게 절반을 양보한다'고는 하지 않는다. 왜냐하면 받은 술을 반드시 다른 손님이 마신다고는 할 수 없기 때문이다. 예를 들어 레드 와인을 받았을 때는 스튜 등의 조림 요리에 넣기도 한다. 또 남은 일본주 역시 요리에 자주 쓰고 있다.

그리고 맥주를 받았을 때에는 일단 가게 냉장고에 넣어놓은 뒤 다른 손님에게 팔고 있다. 맥주는 캔이든 병이든 상관없이 하나에 400엔(약 4,000원)으로 가격을 정해놓았다. '왜 맥주의 종류가 전부 다르지?' 하고 이상하게 생각하는 손님들도 있는데, 사실 미래식당에 있는 맥주는 거의 다 손님이 주고 간 것이다.

그렇다면 왜 손님이 주고 간 맥주를 400엔에 파는 걸까? 사실 들어오자마자 "일단 맥주!"라고 하는 손님에게 "이 맥주는 다른 손님에게 받은 것입니다. 저희 가게에서는……"라고 설명하면서 내놓은 것은 타이밍이 잘 맞지 않았고, 받는 손님 역시 기뻐하기보다는 당황하는 경우가 많았다. 그래서 맥주의 경우 종류에 상관없이 400엔에 팔기 시작했다.

맥주를 마시는 손님들은 다른 음식점보다 싼 400엔에 마실 수 있다고 기뻐하고, 가게 입장에서도 매입료 0엔으로 매출을 올릴 수 있기 때문에 감사하다.

반입한 음료를 가게가 직접 받는 또 다른 이유는 그 자리에 다른 손님이 없어서 받은 음료를 나눠줄 수 없는 경우가 많았기 때문이다. 하지만 더 큰 이유는 가게가 쿠션 역할을 할 수 있다고 생각한 것이다. 내가 생각하는 음료반입 서비스의 목적은 '이름 모를 누군가가 전해준 호의를 즐긴다'는 것이지 '술을 나눠 마시며 모두 사이좋게 지낸다'는 것이 아니기 때문이다.

'공유'와 '음료반입'의 차이

음료반입 서비스와 공유의 차이에 대해서도 조금 이야기해보도록 하자. 음료반입 서비스에 대해 알게 된 손님들은 대부분 "술을 공유하니 서로 간의 거리가 좁혀지겠네요. 이곳이 좋은 커뮤니케이션 장소가 될 것 같아요"라고 말한다. 그런데 내가 생각한 음료반입 서비스에는 '공유'라는 개념이 전혀 없었다.

인터넷에 간혹 "모르는 사람과 화기애애하게 이야기하는 높은 커뮤니케이션 능력이 필요한 가게라니, 나에게는 절대 무리!"라는 댓글이 올라온다. 이것 역시 나는 전혀 생각하지 못했던 반응이었다.

내가 생각한 음료반입의 이미지는 '이전 손님이 두고 간 마실 거리를 두근두근하는 기분으로 대접받는 느낌'이었다. 가지고 온 사람과 대접받는 사람이 직접 만나는 이미지는 아니었다. "음료를 가져가면 옆 사람과 쉽게 이야기를 나누고 친해질 수 있어요"라는 말도 맞다. 하지만 '커피를 가지고 온 사람은 어떤 사람일까?' 그 자리에 없는 누군가를 상상하며 뜻밖의 호의를 차분히 즐기는 것이 미래식당에서 좀 더 질 좋은 시간을 보내는 방법이라고 생각한다.

'공유'를 통해 이야기꽃을 피우며 즐기는 것은 일종의 완결된, 닫힌 커뮤니케이션 방식이다. 하지만 이름 모를 누군가의 호의를 받고 다음에 올 누군가에게 호의를 전달하는 것은 열려 있는 커뮤니케이션 방식이다. 나에게는 이것이 완만한 나선을 그리며 앞으로 나아가는 것처럼 느껴진다.

나에게 '공유'보다 '음료반입'이 더 와 닿는 것은 모르는 사람과 화기애애하게 이야기꽃을 피우기보다, 혼자 와서 멍하게 있지만 지나간 누군가의 친절을 작게나마 느끼게 되는 그런 가게를 만들고 싶기 때문일지도 모른다.

음료반입

기부한 사람을 주변에 알린다 난이도 ★★☆☆☆

음료반입을 해준 사람은 일부러 다른 손님을 위해 돈을 쓴, 아주 고마운 존재다. '가져와줘서 고맙다'라는 마음은 나 혼자 반복해서 감사 인사를 하는 것보다 그 자리에 있는 모두가 함께 하는 것이 훨씬 잘 전해진다. 다른 손님에게 권할 때에 "이쪽의 손님이 주신 일본주입니다"와 같이 기부한 사람이 누군지 알 수 있도록 전달하자. 많은 사람에게 기쁨을 주는 것이 즐겁다고 느낀 손님은 다시 한 번 음료반입을 하기 위해 가게에 온다.

이익을 낸 다음에 놀이를 넣는다 난이도 ★★★☆☆

음료반입의 이야기를 듣고 '재미있을 것 같네. 우리 가게에서도 해봐야지!'라고 생각하는 사람도 있을 것이다. 하지만 음료반입으로는 직접적인 이익을 낼 수 없다. 음료반입은 고객을 즐겁게 해주는 시스템이기에, 가게를 운영하기 위해서는 다른 시스템으로 이익을 내야 한다.

미래식당은 매출의 대부분이 평일 점심에 나오는데, 효율적인 가게 운영을 통해 단시간에 많은 손님을 받기 때문이다. 점심 때 평균 4.5회전이 가능하고, 그 결과 점심 장사만으로 하루분의 이익 목표를 달성할 수 있다. 그 후 음료반입과 같은, 직접적으로 큰 이익을 내지 않는 서비스를 할 수 있다.

또한 한 종류만 있는 일본주도 도쿄 안에서는 구하기 어렵고 그 상표를 밝히지 않고 있다는 희소성 때문인지 주문하는 사람이 많아, 음료반입과 부딪히는 일 없이 나란히 자리 잡고 있다.

음료를 직접 가져오는 것이 이득이긴 하지만, 가게에 있는 일본주의 상표가 비밀이라고 하면 손님들은 오히려 더 마시고 싶어 하는 것 같다. 게다가 이 술은 맛도 탁월하다. 한 종류로 압축했기 때문에 오히려 손님들의 관심을 끌 수 있고, 회전도 빨리 되므로 신선도도 높다. 그 결과, 음료반입이 가능해도 이 술은 팔린다. 이처럼 음료를 팔 때는 음료반입 서비스와 양립할 수 있는 방법을 찾아내야 한다.

분명 '하지 말아야 할' 이유는 몇 가지라도 떠오를 것이다.
그런데 '하지 않는다'라는 결정을 아슬아슬할 때까지 기다려보면 어떨까?
당신의 아이디어를 현실로 만들 수 있는 사람은
당신밖에 없다는 것을 잊지 마라.

/ 6장 \

본 적도 없는 것을
만들어내는 힘

앞서 우리는 미래식당의 네 가지 시스템에 대해 알아봤다. 많은 사람들이 미래식당의 이 시스템들을 지금까지 본 적 없는 새로운 것이라고 말한다. 과연 새로운 것일까? 먼저 미래식당의 네 가지 시스템이 가진 특성부터 살펴보자.

나선형 커뮤니케이션

미래식당의 커뮤니케이션 방식은 실시간으로 사람과 사람이 만난다기보다는 먼저 다녀간 사람을 상상하는 '나선형'의 모양을 하고 있다.

① 한끼알바

한끼알바생이 일을 할 때 손님과 실시간으로 만나는 경우는 있지만 다른 한끼알바생과 만나는 일은 별로 없다. 한끼알바는 기본적으로 같은 시간대에 한 명밖에 없다(바쁜 점심시간만 2명이다). 한끼알바가 끝날 때쯤에 다음 한끼알바생이 오면 작업 설명이나 인수인계를 하는 경우가 있지만 접점은 그 정도가 전부다.

매월 둘째 주 토요일 밤 '한끼알바 감사의 날(한 번이라도 한끼알바를 했던 사람이라면 500엔에 마음껏 먹을 수 있는 날)'을 진행하고 있기 때문에, 다른 한끼알바생을 만나고 싶어 하는 사람에게는 참석하라고 권하고 있다. 하지만 그날 누가 올지는 아무도 모른다. 참고로 한끼알바생들을 이어주는 커뮤니티도 만들지 않았다. 커뮤니티를 만들어서 닫힌 관계가 되는 것을 원하지 않는다는 게 가장 큰 이유다.

곁들임 반찬을 담고 있는 한끼알바생에게 "그 피클은 어제 온 한끼알바생이 만든 거예요"라고 하거나, 재료를 자르고 있는 한끼알바생에게 "내일 오는 한끼알바생과 함께 푹 끓일 거예요"라고 하면 그들의 얼굴에 조금씩 미소가 흐른다. '어딘가에 있을 누군가'와 이어져 있다는 사실이 기쁨을 주는지도 모르겠다.

② 무료식권

앞에서 설명했듯이 무료식권을 발행하는 쪽(한끼알바생)과 무료식권을 사용하는 쪽이 직접 대면하는 일은 없다. 다만 사용한 무료식권은 클리어파일에 모아 가게 안에 놔두기 때문에 적혀 있는 메시지를 읽거나 자신이 붙인 식권이 언제 사용되었는지를 찾아볼 수 있다.

③ 맞춤반찬

맞춤반찬은 반찬을 주문 제작하는 것이기 때문에 커뮤니케이션이라는 관점에서 보면 특히 해당사항이 없다. 하지만 맞춤반찬의 기록은 모두 '맞춤반찬 노트'에 적어 가게 안에 게시하고 있다. 그래서 다른 손님이 맞춤 주문한 것을 찾아볼 수 있다.

'맞춤반찬 노트'는 글자뿐이고 사진은 없다. 사진이 있으면 "이런 맞춤반찬이 있었네!" 하고 쉽게 알 수 있겠지만, 맞춤반찬은 일회성을 중시하기 때문에 굳이 사진을 남기지 않고 다른 사람이 문장을 읽고 상상할 수밖에 없게 만들었다. 이런 의미에서 '맞춤반찬 노트'도 나선형이라고 할 수 있을 것이다.

④ 음료반입

음료반입은 앞에서도 설명한 것처럼, 가지고 온 음료를 매개로 그 자리의 손님들이 친해지는 실시간 커뮤니케이션 방식보다 누군가가 놔두고 간 음료를 조용히 즐기는 방식이 이상적이라고 생각한다. 이 역시 나선형 커뮤니케이션의 전형적인 예라 할 수 있다.

⑤ 나선형 커뮤니케이션을 목표로 하는 이유

내가 생각하는 '나선형 커뮤니케이션'은 누군가의 호의를 받았을 때 상대에게 직접적으로 은혜를 갚는 것이 아니라 다른 누군가에게 은혜를 갚는 '베풂'과 같은 형태다. 그 자리에 있는 사람들끼리 커뮤니케이션하는 것도 물론 즐겁겠지만, 이는 이미 닫힌 관계라고 할 수 있다.

오늘날의 사회는 SNS의 발달과 더불어, 사람과 사람의 관계성이 '실시간으로 이어지는' 것에만 관심이 쏠리는 듯하다.

지나간 누군가를 상상하는 것은, 예를 들어 옛날 마을 앞 게시판처럼 소박하기 때문에 상상의 여백이 풍부한 커뮤니케이션 방식이라고 할 수 있다. 나는 개인적으로 이처럼 완만하게 계속되는 이어짐을 무척이나 소중하게 생각한다.

당신을 위한 일대일

미래식당의 커뮤니케이션은 항상 특정 누군가, 바로 '당신'을 상상한 것이다. 나는 다수에게 호소하는 '일대다'의 방식을 취하고 있지 않다.

① 한끼알바

매일 여러 명의 한끼알바생이 가게를 방문하고 있지만 한끼알바생을 모아 커뮤니티를 만들 생각은 없다. 한끼알바생 커뮤니티가 생기면 한 사람 한 사람의 한끼알바생이 그 안에 묻히는 듯한 느낌이 들기 때문이다. 커뮤니티를 만들면 이벤트 고지 등은 편하게 할 수 있을지도 모른다. 하지만 효율이 나쁘더라도, 이제 두 번다시 만나지 못하더라도, 그 자리에 '개인'으로 존재하기 때문에 전할 수 있는 것들이 있다고 생각한다.

사람들이 한끼알바를 하는 이유는 여러 가지다. 그런데 '한끼알바를 했기 때문에'라는 것만으로 모두를 하나로 묶어버리면 한 사람 한 사람이 보이지 않게 된다. 그리고 커뮤니티를 만들어 관계가 연속성을 갖게 되면, 한끼알바생이 다른 한끼알바생을 상상하게 만드는 나선형 커뮤니케이션의 방식도 일그러질 것이다.

② 무료식권

앞에서 이야기했듯이 미래식당 벽에 붙어 있는 무료식권은 바로 '당신'을 위한 것이다. 우리의 선의를 광고하는 것이 아니기 때문에 붙어 있는 매수도 너무 많아지지 않도록 신경 쓰고 있다.

③ 맞춤반찬

그 사람의 취향에 맞게 반찬을 만들어주는 맞춤반찬은 일대일 커뮤니케이션의 전형적인 예라 할 수 있다. "보통은 이렇게 맛을 내요"라고 다수파의 취향을 강요하는 것이 아니라 그 손님이 좋다고 생각하는 것을 함께 만드는 방식이기 때문이다.

④ 음료반입

음료반입은 먼저 온 사람이 남기고 간 음료를 다음 사람이 아무 말 없이 마시는 것이다. "사토 님께 커피를 받았습니다!"라는 발언을 SNS나 블로그 등에 공개하지 않는다. 모든 사람에게 과시하는 듯한 방식은 미래식당에 어울리지 않는다고 생각하기 때문이다.

⑤ 일대일 커뮤니케이션이 필요한 이유

'다수를 향해 광고하고 팬을 묶어 커뮤니티를 만든다.' 이런 방식으로는 한 사람 한 사람, 그 중에서도 '당신'이 묻히지 않을까? 나는 '당신'에게 이런 식으로 꼬리표를 붙이거나 분류하고 싶지 않다.

예를 들어 페이스북과 같은 SNS도 '손님을 모으는 도구'로 생각하지 않는다. 블로그의 글 작성이나 신문 기고 등 불특정 다수와 커뮤니케이션해야 할 때는 '지금은 멀리 떨어져 있지만 친했던 친구'에게 보내는 편지를 쓴다는 느낌으로 글을 쓴다. 그냥 '나'와 '당신'이 있다. 이 최소한의 관계를 끝까지 소중히 간직하고 싶은 것이다.

그립지만 새로운 형태

미래식당의 시스템에 대해 많은 사람들이 "지금까지 본 적이 없다"고 말하는데, 그와 동시에 옛날에 있었던 것 같은 형태라는 이야기도 자주 듣는다. 일을 하고 돈을 받는 대신 한 끼를 얻어먹고, 가지고 온 술을 나눠 마시고, 작은 부탁을 들어주는 모습이 옛 시절을 떠오르게 한다는 것이다.

미래식당이 일부러 복고풍을 목표로 하고 있는 것은 아니다. 또 일부러 새로움을 목표로 하고 있는 것도 아니다. 사람과 사람이 나선형으로 마주하는 형태, 다수가 아니라 '당신'에게 말을 거는 방식, 이런 이상을 풀어낸 결과 이런 모양이 된 것뿐이다. 결코 진기함을 자랑할 생각은 없다. 옛 시절을 목표로 했다기보다는 결과적으로 그렇게 되었을 뿐이다.

신문이나 방송에 나올 때마다 "한끼알바고 맞춤반찬이고 전부 옛날 음식점에 있었던 거 아닌가? 대체 뭐가 새로운 음식점이라는 거야?"라고 비판하는 사람도 있다. 그 말 그대로다. 앞에서 이야기했듯이 미래식당의 방식은 '옛날 음식점에 있었던 것'이다.

하지만 어느 곳에나 있는 것, 또 있었던 것을 다시 만들어냈다는 부담감은 없다. 오히려 무중력에서 커피를 마실 수 있다는 '무중력 카페'처럼 일시적인 인기만을 노리는 가게가 더 빨리 진부해지지 않을까?

게다가 옛날과 똑같지는 않다. 예를 들어 한끼알바는 '50분에 한 끼'라고 대가를 명확하게 해놨다. 또 참가하기 전에 반드시 읽어야 하는 '한끼알바 가이드'를 준비하고, 이것을 인터넷 상에 공개해 어느 곳에서도 읽을 수 있도록 만들었다. 옛날부터 있었던 개념을 현대의 사고방식과 감각에 딱 맞는 모습으로 재구축한 것이 미래식당의 시스템이라 할 수 있다.

사실 이 '재구축'이라는 생각은 현대 미술가인 무라카미 다카시(村上隆) 씨에게 배운 것이다. 무라카미 다카시 씨는 자신의 책 『예술기업론(藝術起業論)』에서 이렇게 말했다.

"일본의 '서브컬처적인 예술'을 그들의 룰 안에서 재구축해 인정하게 만든다. 이것이 서양의 예술 세계에서 살아남기 위한 나의 전략이었다."

독창성이 특히 요구되는 예술이라는 분야의 톱 플레이어인 무라카미 다카시 씨가 자신이 하고 있는 것을 재구축에 지나지 않다고 단언하는 이 자기분석에 나는 충격을 받았다. 무라카미 다카시 씨는 서양의 예술 세계에서 특히 '정해진 룰 안에서 참신한 이미지를 보여주는 것'이 좋은 예술작품으로 평가받는다고 말한다. 즉 현재까지 존재하는 문맥을 이해한 뒤, 만든 것의 새로움을 설명할 수 있어야 한다는 것이다.

미래식당의 '새로움'은 이와 마찬가지다. 완전히 독창적인 것은 아니다. 하지만 기존의 것에 새로운 질문을 던져 재구축하는 시선은 엄격하고, '어쩐지'에서 고찰이 끝나는 경우가 거의 없다. 예를 들어 한끼알바 하나도 단골손님만 가게를 도와주는 폐쇄적인 제도가 되지 않도록, 어떻게 하면 '누구나 참여할 수 있다'는 것을 널리 알릴 수 있는지 고민하고 있다.

'그 자리의 성선설'을 믿는다

미래식당의 시스템은 '성선설'을 바탕으로 하고 있다는 말을 자주 듣는데, 내가 신경 쓰고 있는 것은 '그 자리의 성선설'이다. 인간은 성인군자가 아니기에 항상 착한 사람으로 사는 것은 어렵다. 그렇기 때문에 '최소한 미래식당에 있는 동안만은' 착한 사람이었으면 좋겠다. 다시 말해 착한 사람이 되기 쉬운 환경을 만드는 것이 시스템을 설계한 나의 역할이라고 생각한다.

① 한끼알바

누구나 가게 일을 도울 수 있는 한끼알바는 성선설의 전형적인 예라 할 수 있다. 사람을 믿지 못하면 할 수 없는 시스템이다. "지금까지 나쁜 짓을 한 한끼알바생은 없었나요?"라고 묻기도 하는데, 몇 가지 장치로 악의에 대항하는 장해물을 만들고 있다.

• 한 번 이상의 방문은 필수, 신청은 가게에서

나쁜 일을 꾸미는 사람에게 '우선 가게에 가야만 하고, 신청도 얼굴을 보고 해야 한다'는 아주 번거로운 장해물이다. 이 단계에서 못된 장난은 단가가 맞지 않다고 판단할 것이다.

• 이름으로 부른다

'나를 보고 있다, 나에 대한 것이 드러나고 있다'는 것은 나쁜 일을 꾸밀 때 족쇄가 된다. 한끼알바를 하는 동안에는 가능한 한 이름을 불러 거리를 좁히는 동시에 나쁜 일을 하기 어렵게 만든다. 나쁜 사람이 되는 비용을 높여 착한 사람이 되게 만드는 모델이라고 할 수 있다.

물론 이런 예방책이 존재해도 트러블은 생길 수 있다. 하지만 예를 들어 만약 누가 금전함에서 10,000엔(약 100,000원)을 훔쳐간다면, 이런 사건의 재발을 막을 방법을 찾게 된다. 그런데 '한끼알바의 장점과 그 목적'과 '도둑맞은 금액'을 저울질해보면 나에게는 한끼알바의 가치가 더 높다. 맹목적으로 사람을 믿고 있다기보다 한 번의 트러블 정도라면 넘어갈 수 있다고 보는 게 더 합리적이다.

② 무료식권

무료식권은 '선함'을 촉구하는 것이기 때문에 붙이는 측의 적극적인 행동이 중요하다. "자기가 먹을 한 끼를 남겨놓고 간다니, 그런 착한 사람이 있어요?"라고 묻는 사람도 있다. 그래서 '50분이면 한 장!' 하는 식으로 가벼운 마음으로 쉽게 붙일 수 있도록 만들고 있다. 선행의 비용을 낮춰서 누구나 쉽게 착한 사람이 되도록 만드는 모델이라 할 수 있다.

③ 음료반입

무상으로 다른 사람의 음료를 사오는 것이니 이 손님들은 착한 사람 그 자체다. 앞에서도 이야기했지만, '반입료를 받지 않으니까 가게가 제일 큰 손해를 본다', '2배 반입이라는 명확한 규칙이 있다'는 식으로 선행을 하기 쉽도록 설계하고 있다. 가게 측이 선행 비용을 부담하기에 오히려 착한 사람이 되기 쉬운 모델이라 할 수 있다.

④ 왜 '그 자리의 성선설'을 믿는가?

'손님은 착한 사람이다'라고 생각하고 운영하는 가게와 '손님은 나쁜 사람이다'라고 생각하고 운영하는 가게 중에는 분명히 전자가 방문하기 편하다고 느껴질 것이다. 이런 의미에서 손님을 믿고 운영하는 것은 너무나도 당연하다고 할 수 있다. 다만 내가 순박하게 손님의 착한 마음에만 기대지 않는 것은, 중학교 다닐 때 일어났던 일이 큰 영향을 미쳤다.

중학교 3학년 때의 어느 날, 혼자서 찻집에 갔던 나는 '학교에서의 나'나 '집에서의 나'가 아닌 '나 자신 그 자체'를 그냥 있는 그대로 받아들여주는 자유로운 공간이 있다는 사실에 충격을 받았다. 그 후 이런 공간이 학교에도 있었으면 좋겠다는 생각에 교실 뒤편에 무료 간이찻집을 만들었다. 전기주전자와 인스턴트커피, 코코아를 놔두고, 옆에는 마신 만큼의 돈을 모금하는 저금통도 함께 두었다. 하지만 슬프게도 음료는 줄어들었지만 저금통에는 전혀 돈이 모이지 않았다.

누가 나쁘다는 이야기가 아니다. 지금 생각해보면 '커피는 ○○엔, 코코아는 ○○엔입니다'라고 가격을 명시하지 않은 내 실수도 있었다. 하지만 '선의만으로 시스템이 돌아가기는 어렵구나'라는 것을 그때 크게 느꼈다.

착한 사람이 되라고 너무 강요하면 아무도 오지 않는 가게가 된다(적어도 나는 가기 어려운 가게라 생각할 것 같다). 하지만 그렇게 비용을 많이 지불하지 않아도 되는 '아주 작은 착한 일'은 누구라도 하고 싶어 한다. 미래식당은 거기에 주목해 가게 안에서만은 착한 사람으로 있을 수 있도록, 작은 선행을 쉽게 할 수 있도록 여러 가지 시스템을 이용해 돕고 있다.

아이디어가 현실이 될 때까지의 흐름

지금까지 미래식당의 독특한 시스템과 특성에 대해서 이야기 했다. 여기서 관점을 조금 바꿔보자. 미래식당을 예로 들어, 머릿속에 떠오른 새로운 아이디어를 현실에 적용시키기 위해서는 어떻게 해야 되는지 살펴보도록 하자.

아이디어가 현실이 되기까지 대부분의 경우 다음과 같은 흐름을 따라간다.

---

①-A 답답함을 계속 주시한다

①-B 상황을 아주 세세하게 상상한다

→ ② '한 장의 그림'이 번뜩 떠오른다

→ ③ 현실에 적용시킨다(기본편)

→ ④ 현실에 적용시킨다(응용편)

경영상의 자금 계획 등 절대로 빠져서는 안 되는 내용에 대해서는 '기본편', 실현하기 어려울 것 같은 아이디어를 현실에 적용시키는 방법은 '응용편'으로 나눠 적었다.

독자가 구체적으로 상상할 수 있도록 미래식당의 예를 중심으로 이야기하겠지만, 가능하면 다른 사람의 예나 조금 추상적인 이야기도 섞어서 하려고 한다. 다른 사람의 사례는 내용을 약간 바꾸기도 했다.

①-A 답답함을 계속 주시한다

갑자기 나온 '답답함'이라는 말을 어떻게 생각할지 모르겠다. 하지만 사실과 현상을 분리해 'XX가 문제니까 해결하자'라고 이론적으로 문제점을 찾는 것보다, 내가 정말 싫다고 느끼는 것을 깊이 파고들어가는 편이 강하고 흔들리지 않는 것을 완성시킬 수 있다고 생각한다.

미래식당은 대부분의 음식점처럼 '이 맛있는 음식을 모두와 함께 먹고 싶다'는 생각으로 시작하지 않았다. 오히려 편식을 했던 내게는 음식점에서 내보내는 그런 맛의 강압적인 어필이 과하다고 여겨졌고, 가게에 들어가서도 요리명이 쭉 나열되어 있는 메뉴에 완전히 식욕을 잃어버리는 경우가 종종 있었다.

어릴 때부터 양념을 하지 않은 곡물이나 면만 즐겨 먹는 것을 본 부모님이 "수도승처럼 먹는다"고 말할 정도였던 나는 이 세상과 채널이 잘 맞지 않았는지도 모른다. '세상에는 음식 정보가 넘치고 맛있는 음식이 가득해 모두 그것을 즐기고 있는데, 왜 나는 이렇게 답답할까?'라고 생각하며 괴로워하기도 했다.

거기서 만약 내가 충동적으로 '내가 좋아하는 양념을 하지 않은 곡물이나 면만 내놓는 식당을 만들자'고 생각했다면, 아마 좋아하는 사람이 별로 없는 독선적인 가게가 되었을 것이다.

그러지 않고 이 답답함의 원인을 '맛의 강압적인 어필이 내가 생각하는 맛을 무시하는 느낌' 때문이라고 깊게 파고들어 생각한 결과, '손님의 보통을 중요하게 여기는, 맞춤 주문할 수 있는 가게'가 번뜩 떠올랐다.

개개인이 느끼는 의문이나 답답함, '이렇게 하면 더 좋을 텐데'라는 생각은 제각각이다. 하지만 그 위화감을 근시안적으로 보고 새로운 것을 만드는 것이 아니라, 위화감을 계속 파고들다보면 좀 더 보편적인 해결책을 찾을 수 있다. 그리고 이 해결책이 많은 손님의 지지를 받을 수 있으니 사업적으로 성공하기 더 쉽지 않을까?

• 기존의 '좋다'를 모방하는 분재형 발상

하지만 '문제에 대한 보편적인 해결책'이라고 했을 때, 한 가지 개인적으로 안타깝다고 생각하는 것이 있다. 바로 '세상에서 좋다고 하는 행동들을 패치워크하듯 꿰매 맞추기만 한 아이디어'가 너무 자주 보인다는 것이다.

미래식당에는 새로운 비즈니스 아이디어를 가진 사람들이 찾아와 자기 계획을 들려주며 "어떻게 생각하세요?"라고 의견을 물을 때가 많다. 그들에게도 했던 말이지만, 지금까지 들어본 적 없는 재미있는 계획은 거의 없었다. 98퍼센트 정도는 어딘가에서 들어본 적이 있는 계획이었다.

예를 들면 "우리 마을에 노년층부터 아이들까지 올 수 있는 '지역 카페'를 만들겠습니다"라며 온 사람이 있었다. 미리 말해두지만, 이런 계획 자체를 좋다 나쁘다고 평가하고 싶은 것이 아니다. 다만 두근거려서 기억에 남을 만큼 재미있는 계획인가라는 점에서는 '틀렸다'라고 할 수 있다. 개인적으로 두근거리지 않는 것에는 흥미가 생기지 않고, 의견도 딱히 생각나지 않는다.

초기에는 왜 이렇게 재미도 없는 비슷비슷한 아이디어만 가지고 오는지 이상할 정도였다. 하지만 곧 이런 것들이 '세상에서 좋다고 하는 행동들을 패치워크하듯 꿰매 맞추기만 한 아이디어'라는 것을 깨닫게 되었다. 게다가 비슷비슷하게 '좋은' 것 중에서 약간의 차이만 어필하는 것에 그다지 흥미를 느끼지 못하는 내 성격 때문에 이런 아이디어들이 더 재미없게 생각되는 것일지도 모른다.

세상에는 '좋다'고 여겨지는 생각이나 행동이 있다. '노년층이 모이는 것이 좋다', '아이들이 모이는 것이 좋다', '지역 활성화에 좋다', '모두가 모일 수 있는 커뮤니티가 좋다' 등 이른바 시대의 분위기라고 할까? 이런 세상의 풍조나 분위기에서 '좋다'고 인정한 것들을 조합해 내놓는 발상은, 예를 들어 좋은 것만 모아놓은 분재

화분에서 아이디어를 짜내는 것과 같은 상태라 할 수 있다. 이런 분재형 발상이 갑자기 분재 화분 밖으로 뛰쳐나가는 경우는 거의 없다.

정말로 이 세상에서 본 적 없는 것, 두근거리는 것을 생각하고 싶다면 기존의 '좋다'에 휘둘려서는 안 된다. 물론 앞에서 이야기한 '지역 카페'를 하지 말라는 의미가 아니다. 다만 그 '지역 카페 아이디어'는 가지고 온 사람의 강한 마음이나 개성이 어디에서도 느껴지지 않았다. 100명 중에 100명이 좋다고 공감할 수 있는, 어디서 본 듯한 아이디어를 왜 반드시 '당신'이 실행해야만 하는가? 누구에게나 칭찬받는 아이디어는 위험하다. 왜냐하면 그런 아이디어는 누구나 상상할 수 있는 수준에만 머물러 있기 때문이다. '왜 내가 지역 카페를 하고 싶을까?'를 깊이 파고들어보면 당신만의 색이 반드시 보일 것이다. 그리고 그것은 기존의 기준과는 관계없이 아주 개인적인 색을 띄고 있을 것이다.

'이 세상이 어떻든 이것은 반드시 필요하다!'라고 앞에서 말한 '답답함'을 해결하는 수준까지 파고든 아이디어를 안타깝게도 나는 본 적이 없다. 대부분이 '이 세상에는 XXX가 문제고, 이 문제에 대해서는 YYY라는 수단을 쓰는 게 좋다고 하니까 이걸로 하자'라는 수준에 머물러 있는 것처럼 보인다. 예로 든 '지역 카페'에서는 '핵가족화'가 문제고 '모두가 모일 수 있는 지역 카페'가 문제 해결

수단이다.

그리고 '우리 마을에 노년층부터 아이까지 모일 수 있는 지역 카페를 만든다'라는 생각이 무엇도 끼어 들 수 없는 '좋은' 콘셉트이기 때문인지, 구체적인 이미지를 하나도 다듬지 않은 채 그냥 위의 콘셉트만 반복하는 사람도 많다. 그래서 귀 기울여 듣고 싶어지는 경우가 거의 없다.

지금 이 세상에는 '노년층이 모이는 것이 좋다', '아이들이 모이는 것이 좋다', '지역 활성화에 좋다', '모두가 모일 수 있는 커뮤니티가 좋다'라는 시대의 분위기가 흐르지만, 과연 이런 가치관이 완전히 뒤집혀도 지역 카페를 계속할 수 있을까? 언젠가 시대의 분위기가 변해 지역 카페가 '노년층과 아이들이 함께 모이는 좋지 않은 단체'라고 여겨져도 계속할 수 있을까? 좋은 것을 꿰매 맞추기만 한 아이디어가 어느새 좋은 것을 모아 칭찬받자는 것으로 목적이 완전히 바뀌지 않았는가? 시대와 유행에 따라 '이런 것은 이제 별로야. 그럼 그만두자'가 아니라 이 세상 모두가 반대해도 반드시 지키고 싶은 것, 그것은 무엇인가?

이것을 파고들지 않고, 보편적인 문제에 대한 해결책으로 계속 이야기하고 있는 '좋은 것'의 패치워크만으로는 사람들에게 절대로 어느 수준 이상의 충격을 안겨줄 수 없다.

미래식당의 무료식권을 예로 들어 생각해보자. 내가 다 쓰지 못하는 것을 베푼다는 의미에서는 '좋은' 아이디어다. 하지만 '힘든 사람에게 한 끼를 선물로 주는 것은 좋은 일이니까 하자'라는 것을 기준으로 생각해보면, 시대의 분위기가 '약자의 처지 또한 자기 책임. 도와주는 것만이 능사는 아니다'라는 쪽으로 바뀌었을 때 '그럼 그만두자'라고 무료식권의 운용을 중단할 수도 있다.

세상의 분위기가 바뀐다 해도 무료식권을 계속하려는 나의 의지는 어느 '한 장의 그림'에 의존하고 있다. 절대로 지키고 싶은 것을 계속 생각하면 떠오르는 '그림', 이제 이 그림에 대해 자세히 살펴보자.

①-B 상황을 아주 세세하게 상상한다

'답답함을 계속 주시한다'고는 했지만, 자유롭게 상상하지 못하고 정해진 조건 아래에서 아이디어를 짜내지 않으면 안 되는 경우도 많을 것이다. 예를 들어 '이 빈 집을 어쩌지?', '내가 가지고 있는 XX라는 기술을 널리 알리고 싶은데' 등 제약이 있는 경우다.

실제로 이런 회의에 몇 번이나 초대받아 참가했고, 그때마다 했던 말은 "상황을 아주 세세하게 상상합니다"라는 것이었다. 예를 들어 "아이들이 모이는 장소를 만들고 싶습니다"라는 말에 대해서 "아이들이라면 몇 명입니까?", "이 크기의 공간이라면 5명 정도일까요?", "남자 아이? 여자 아이?", "남자 3명에 여자 2명이면 되나요?", "나이는?", "초등학교 하교 시간이면 되나요?", "이름은?", "책가방 색깔은?" 등등 질문을 거듭한다. '이거다'라고 생각하는 한 장의 그림을 함께 그려가는 느낌이다.

특히 이름 붙이기는 기본 중의 기본으로 "그럼 여기서 할머니 다케모토 씨가 게시판에 메모를 붙이고, 그것을 근처에 있는 YY 대학의 다나카 군이 보게 해서……"라고 하나하나 상상을 불러 일으킬 수 있도록 만든다. 이렇게 하면 여러 가지를 깨닫게 된다. "다케모토 씨가 일부러 게시판에 붙이기는 힘들 것 같아요"라거나 "그러면 다나카 군이 보러 오면 되겠네요"라는 식으로 말이다.

상황을 세세하게 상상하는 것은 아이디어를 낼 때뿐만 아니라 구체적인 방법을 정할 때에도 상당히 도움이 된다. 예를 들어 음식점 개업에 앞서 도면 검토나 가게 운영 점검으로 내가 한 것도 '아주 세세한 상상'이다. 머릿속으로 하루나 특정 시간을 상상해 따라가는 것이다. '아침이 왔다. 그러면 식재료 구입은 어떻게 하지? 시장에 장을 보러 가나? 배달시키나?', '식재료가 들어왔다. 박스를 가지고 가게로 들어가겠지?', '문을 열었다. 먼저 불을 켜야지. 스위치는 어디에 있지? 박스는 어디에 두지?', '가스 밸브를 열고……, 뭐부터 하지? 차 준비? 그러면 차를 끓이자. 주전자는 어디에 있나?'라는 식으로 상상해본다. 대체로 이 부분에서 아직 주전자를 사지 않았다는 것을 깨닫는다(웃음).

아이디어라고 하면 너무 막연해서 머리가 멍해지는 사람도 많을 것이다. 나 역시 그렇다. 이럴 때야말로 이용하는 사람의 이름, 그 사람이 여기에 올 때까지 무엇을 하고 있었는지, 어떤 성격인지, 날씨는 어떤지 등 아주 세세하게 상상해보라. 여러 가지 요소를 구체적으로 상상해보면 흐릿했던 이미지가 분명하게 '그림'이 되어 떠오른다.

② '한 장의 그림'이 번뜩 떠오른다

철저하게 자기 생각을 파고들어 실현하고 싶은 것을 세세히 상상하면, 거기서 생겨난 성과물은 자연히 당신의 색이 잘 밴 개성 있는 것이 된다. 그리고 그것은 나의 경우, 구체적인 장면을 그린 '한 장의 그림'으로 머릿속에 떠오른다.

앞에서 이야기한 무료식권을 지탱해주는 '한 장의 그림'은 다음과 같은 상상이다.

미래식당의 문 앞, 현관의 매트 위에 서서 머뭇머뭇하며 들어오지 못하는 손님. 얼마 후 "여러 가지 일이 생겨 돈이 하나도 없습니다. 그래도 밥이 먹고 싶어서 미래식당에 왔습니다"라고 말을 꺼낸다.

나는 이렇게 온 사람을 쫓아낼 수 없다. 세상 사람들이 무슨 말을 해도 절대 쫓아내고 싶지 않다. 한없이 많은 사람을 도와줄 수는 없겠지만, 적어도 한 끼는 내주고 싶다.

세상에서 '좋은 일'이라고 여겨지는 것을 생각하지 않고 이 그림을 토대로 무료식권을 만들었다. 그렇기 때문에 세상의 가치판단에서 자유로울 수 있다. 이름도 '무료식권'이라는, 도덕적인 기준이 드러나지 않는 평범한 것으로 정했다.

예전에 미래식당에 아이디어를 가지고 왔던 사람 중에 "점심의 가격대를 500엔(약 5,000원), 800엔(약 8,000원) 2종류로 하고 싶습니다"라고 말한 음식점 개업 희망자가 있었다. 일반적으로 봤을 때 점심 500엔은 너무 싸다. 보통과 다르다는 것은 거기가 약점이 될 수 있다는 말이다. 이야기를 들어봐도 박리다매를 목표로 할 수 있을 정도로 가게의 운영 시스템을 잘 다듬고 있는 것처럼 보이지 않았다. "500엔은 그만두고 800엔 메뉴로 통일하는 편이 낫지 않을까요?"라는 나의 지적에 그 사람은 "다양한 사람이 왔으면 해서, 어떻게든 점심 500엔 메뉴를 만들고 싶습니다"라고 대답했다.

분명 그 사람은 다양한 사람이 가게로 모이는 '그림'을 그렸을 것이다. 그리고 거기에 머무르지 않고 500엔이라는 빠듯하고 구체적인 가격 설정으로 더욱 상세한 그림을 그렸을 것이다. "그러면 그렇게 하는 편이 낫겠네요." 나도 거기서부터는 반론하지 않왔다. '진짜 실현하고 싶은 그림'이 있다면 그것을 최대한 중요하게 생각해야 한다. 500엔 메뉴를 무리라고 할 것이 아니라 무리가 안 되는 범위에서 500엔 메뉴를 만들면 된다. 이렇게 '당신'이 제시하는 개성 있는 아이디어를 나는 절대로 '무리'라고 부정하지 않는다. 그만두지 않고, 하는 방향으로 생각하면 어떻게든 길이 보이기 때문이다.

• 톱다운 방식과 보텀업 방식
가끔 "어떻게 그렇게 다양한 아이디어를 떠올리나요?"라는 질문을 받는 경우가 있는데, 내 경우는 먼저 '진짜 실현하고 싶은 그림'이 머릿속에 번뜩 떠오르고, 그것을 실현 가능한 형태로 적용시키는 방법으로 새로운 것들을 만든다고 대답한다.

앞에서 예로 들었던 무료식권은 '손님이 입구까지 와 힘없이 서서 들어오지 못하고 있는' 그림이 먼저 떠올랐고, 그러면 그것을 어떻게 해결할지 고민했다. 그 결과, 한끼알바와 복합시키면 무리 없이 실현 가능한 형태가 될 것이라 생각해 완성한 시스템이다.

미래식당 자체도 그렇다. 전체 이미지는 아니지만, 쭉 뻗은 카운터가 있고 그 중간에 한 사람이 앉아 있다. 등받이가 없는 의자에 앉아 있는 한 사람. 대각선 뒤쪽이라 성별이나 얼굴은 모른다. 짙은 갈색 나무의 카운터와 조금 어두운 조명. 그 사람은 즐겁고 활발하기보다는 조금 고독하게 앉아 있는 것 같은 느낌이다.

이것이 미래식당의 '진짜 실현하고 싶은 그림'이다. 하지만 미래식당은 식당이기 때문에 의자를 앉기 불편하지 않은 등받이가 있는 것으로, 쭉 뻗은 카운터가 아니라 'ㄷ자' 카운터로 변경했다. 하지만 '여기 한 사람이 앉아 있다. 조금 고독해 보이지만 여기에 잠시 함께하는 느낌'은 역시 지금도 내가 실현하고 싶은 변하지 않는 이미지이다. (아마도 '조금 고독해 보이는 느낌'이 앉기 불편한 의자로 구체화되었을 것이다). 지금도 조명의 느낌과 카운터의 질감, 흐르고 있는 분위기를 명확하게 떠올릴 수 있다.

이렇게 구체적으로 그림을 그릴 수 있었기 때문에 회사를 그만 뒀을 때나 음식점에서 노하우를 배우느라 힘들었을 때도, '반드시 미래식당을 만들 거야!'라고 마음을 다잡을 수 있었다. 그 마음은 회사를 그만둔 이후 블로그에 '미래식당 일기'를 쓰고, 사람들에게 "언젠가는 진보초에 미래식당을 열겁니다"라고 계속 말하고 다녔던 것에서도 잘 드러난다.

"잠깐만요. 그림을 그렸다고 해도 비즈니스 모델이 전혀 보이지 않는데요? 이걸 '그렸다'고 표현할 수 있나요?"라고 묻는 사람도 있을 것이다. 확실히 여기까지로 전할 수 있는 것은 그냥 '그림'이다. 내 마음에 불을 지필 수 있는 한 장의 그림이고, 이것을 어떻게 현실에 적용시키는지는 그 다음 작업이다.

그런데 실현시키고 싶은 그림을 먼저 그리고 그것을 적용시키는 이런 톱다운(top-down) 방식과 달리, 전략이 먼저 있고 그 다음에 형태를 만들어 가는 보텀업(bottom-up) 방식도 존재한다. 보텀업 방식은 '지금 세상은 XXX가 문제니까 YYY를 만들면 틀림없이 잘될 것이다'라는 발상법이다. 예를 들어 음식점이라면 '지금 이 지역에는 이국적인 요리가 유행하고 있는데 터키 음식점이 없다. 그러니까 여기에 터키 음식점을 만들면 되겠다'라고 생각하는 방식이다.

이 둘 중 어느 쪽이 더 우수한가 하는 논쟁은 의미가 없다. 어느 쪽이든 장단점이 있다. 다만 보텀업 방식에서 신경 써야 할 부분은 앞에서 이야기한 '분재형 발상'에 빠지지 않는 것이다.

미래식당에 아이디어를 가지고 오는 사람의 대부분이 보텀업 방식으로 생각하고 있다. 기존의 틀 속에서 좋아 보이는 것을 선택해 쌓아 올리면, 그것만으로는 이미 있는 어떤 것의 닮은꼴에 그치고 만다.

새로운 것이 다 좋다는 말이 아니라 틀을 벗어난 곳에 생각의 '씨'를 뿌리지 않으면 그 틀에서 빠져나오기 힘들어진다는 의미다. 좋은 전략을 이야기할 때 듣고 있는 사람에게 어떤 이미지도 불러일으킬 수 없다면 그것은 그냥 말뿐인 주장이 된다.

사실 미래식당에도, 기존 음식점의 '맛의 강요'가 문제니까 '반찬의 맞춤 주문'을 제안한다는 보텀업 방식의 시스템이 있다. 톱다운 방식과 보텀업 방식을 명확히 나누기는 어려울지도 모르겠다. 하지만 처음은 보텀업 방식에서 시작했어도, '한 장의 그림'을 떠올릴 수 있을 정도로 생각을 계속하면 기존의 틀을 뛰어넘는 당신다운 발상이 나오지 않을까?

이야기가 조금 추상적으로 흘러갔으니 여기서는 톱다운 방식의 A씨와 보텀업 방식의 B씨를 예로 생각을 좀 더 해보기로 하자.

어느 날, '보라색 옷을 입은 할머니가 마을 곳곳에 있는' 그림이 번뜩 떠올라 옷 가게를 열 계획을 세우기 시작한 A씨. A씨는 곰곰이 생각해보니 자신이 '고령자라고 수수한 옷만 입지 말고 좀 더 다양한 옷을 즐기면 좋겠다'는 생각을 가지고 있는 것을 깨달았다. 아마도 A씨는 같은 스웨터라도 화려한 색은 '화려한 색 할인'을 만들어 팔거나, '빨간색 클럽'이나 '금색 클럽'처럼 같은 색을 좋아하는 사람들의 커뮤니티를 만들어 취향이 비슷한 손님들끼리 모이도록 하는 등 새로운 아이디어가 하나씩 떠오를 것이다.

반대로 B씨는 고령자들의 활기 없는 모습이 신경 쓰여, 옷을 통해 활기를 만들어내려 한다. 그래서 다양한 색상의 옷을 진열한다. 내부 장식도 활기가 넘치는 느낌으로 할 것이다.

그런데 당신이 A씨와 B씨의 이야기를 듣고 솔깃한 것은 어느 쪽인가? 아마 A씨 쪽이 아닐까?

"잠깐만! B씨도 좀 더 깊게 파고들면 A씨와 비슷한 수준의 아이디어를 떠올릴지 몰라요"라고 말하는 사람도 있을 것이다. 분명 어떻게 시작하든 그 결과는 같을 수 있다. 하지만 실제로 내가 다양한 사람들의 생각을 들어본 경험에 따르면, B씨는 변함없이 B씨인 채로 있는 경우가 대부분이다. 실제로 있었던 예를 들어보도록 하겠다.

어느 날, "대접하는 마음을 중요하게 생각하는 테이크아웃 가게를 만들고 싶습니다"라며 찾아온 사람이 있었다. 하지만 홈페이지에 있는 내부 장식이나 요리 사진을 봤을 때 매우 평범한 가게로 특색이 전혀 느껴지지 않았다.

"지금은 '대접하는 마음'이 전해지지 않는, 아주 평범한 테이크아웃 가게로밖에 보이지 않네요. 그런데 '대접하는 마음'이 뭔가요?"라고 묻자, 그 사람은 "집에서는 보통 매일 식사를 차려야 하니 '대접하는 마음'까지는 생각을 못하지 않을까요? 그래서 집과는 다른 '대접하는 마음'이 있으면 좋겠다고 생각했습니다"라고 대답했다.

분명 그 사람의 말이 옳을 수도 있다. 다만 거기서 머무른 채 깊이 파고들어 생각하지 않았기 때문에 '대접하는 마음'을 구체적으로 그릴 수 없었고, 그 결과 특별한 것이 하나도 없는 평범한 테이크아웃 가게밖에 만들지 못했다. '손님들이 대접하는 마음을 느꼈을 거야'라고 스스로는 생각했을지도 모르지만, 가게에서는 전혀 느껴지지 않았다.

구체적인 형태로 만들지 않으면 전해지지 않는다. 형태화하지 않고 언어화한 것에만 만족하고 있으면, B씨는 언제까지나 B씨인 채로 남게 된다.

③ 현실에 적용시킨다(기본편)

하지만 "그림을 그렸다고 해도 비즈니스 모델이 전혀 보이지 않는데요?"라는 지적은 그대로다. 이대로는 그냥 '그림의 떡'에 불과하다. 구체적으로 어떻게 실현해갈 것인가를 생각할 필요가 있다. 나는 그린 그림이 실현 불가능할 것 같다고 해서 그만둔 적이 없다. 거기서부터 '그러면 어떻게 해야 하지?'라고 구체적으로 생각해가면 된다.

미래식당을 예로 들어 생각해보자. 미래식당은 음식점이기 때문에 위치와 크기가 중요하다.

• 위치

주인인 나의 책을 쌓아두는 즐거움이 전해지는 동시에, 점심시간에 손님이 모이는 것을 기대할 수 있는 진보초(일본 최대 중고서점 거리).

• 크기

맞춤반찬이라는 다른 음식점에서는 해본 적 없는 시도를 하기 때문에, 우선은 사람을 고용하지 않고 혼자서 운영할 수 있는 최대한의 크기인 8평 정도로 대강의 임대료를 산출했다. 그리고 보통 음식점의 대략적인 기준 '원가 30퍼센트'에 따라 그 외 필요경비도 산출했다. 거기서부터 몇 명의 손님이 오면 되는지를 생각했다.

다만 20명이 왔으면 좋겠다고 하면, 왜 그 20명이 다른 가게도 아니고 당신의 가게를 선택하는지를 그릴 수 있어야 한다. 실제로 있었던 이야기인데 "하루에 20명의 손님이 왔으면 좋겠습니다"라고 말한 사람에게 "그 20명이 왜 당신 가게에 온다고 생각하세요?"라고 묻자 대답을 듣지 못한 적이 있었다. 경영의 측면에서 목표 숫자는 정할 수 있지만, 역시 여기서도 한 사람 한 사람을 떠올리며 왜 오는지를 고민하지 않으면 손님을 생각하고 있다고 하기 어렵다.

이렇게 업종만 정해지면 하루에 필요한 경비를 산출해 거기서 필요한 매출도 예측할 수 있다. 이 방법이 이른바 '기본'이다. 장사를 하는 데 있어서 무시할 수 없는 방법이다. 하지만 이 책에서 다루고 싶은 건 '실현하기 어려울 것 같은 아이디어를 실현하는 방법'이고, 이건 기존의 방법과 다르다.

④ 현실에 적용시킨다(응용편)

경영의 측면에서 목표 숫자가 명확해졌다고 하더라도, 실현하고 싶은 아이디어와 목표 숫자와의 차이 때문에 어려움을 느낄지 모른다. 또 숫자 이외에도, 아무도 해본 적이 없는 아이디어를 현실에 적용시키는 것에 어려움을 느낄지 모른다. 이럴 때 중요한 사고방식이 두 가지 있다.

• 하는 방향으로 생각한다

미래식당에는 한 사람 한 사람이 반찬을 맞춤 주문하는 맞춤반찬 시스템이 있다. 그런데 계속 맞춤 주문을 받으면 대처할 수 있는 손님 수에 상한이 있기 때문에 목표하는 매출에 도달하지 못한다. 이런 경우 몇 가지 대처법을 생각할 수 있다.

- 고객 단가, 특히 맞춤반찬 단가를 올린다
- 맞춤반찬 수에 제한을 둔다(1일 한정 ○○명 등)
- 다른 곳에서 이익을 낸다

미래식당이 택한 전략은 세 번째다. 점심으로 최대한 이익을 내고, 밤에는 시간이 걸리는 맞춤반찬을 할 수 있는 체력만 남겨두면 된다는 계획을 세웠다. "맞춤반찬처럼 손이 많이 가는 서비스를 고급음식점도 아닌 정식집에서 하는 것은 무리다"라는 말을 자주 듣는데 잘못된 생각이다. 먼저 '한다'고 결정하고 실현할 수 있는 형태로 적용시키면 된다. 하지만 '점심으로 최대한 이익을 낸다'는 것은 이대로라면 손님에 대해 전혀 고려하지 않은, 현실성 없는 생각에 불과했다. 따라서 어떻게 하면 '최대한의 손님'이 올 수 있는 가를 다시 톱다운 방식으로 고민해야 했다.

예를 들어 '맛있다, 빠르다, 싸다'라면 손님은 반드시 온다. 그렇다면 이것을 극한까지 파고들면 된다. '극한까지 맛있다'는 맛있음이 주관적인 것이기 때문에 불가능하다. 게다가 맛있음을 가게가 아닌 손님의 기준에게 맞추는 미래식당의 사고방식에도 맞지 않는다. '극한까지 빠르다'는 가능하다. '극한까지 싸다'는 규모의 경제를 필요로 하기 때문에 무리다. 이런 생각 끝에, 가게를 철저하게 효율적인 형태로 만들자고 결정했다.

매일 메뉴가 바뀌면 매일 올 수 있으니 매일 다른 메뉴를 만드는 등 여러 시스템을 통해 '점심으로 최대한 이익을 낸다'를 실현하려 노력했고, 그 결과 맞춤반찬이 있는 정식집을 만들 수 있었다.

아이디어를 현실로 만드는 데 있어서 '하는 방향으로 생각한다'는 것은 아주 중요하다. '한다'와 '못 한다'로 나눠서는 해낼 수 없다. 예를 들어 미래식당의 한끼알바는 결코 편하기만 한 시스템이 아니다. 한끼알바 때문에 생기는 번거로운 일이 많다. 하지만 '하는 방향(그만두지 않는 방향)'으로 생각했기 때문에 찾아낸 해결책도 있다.

누구도 해본 적 없는 아이디어를 현실로 만든다는 것은 아무도 하지 않았기 때문에 보통과는 다를 것이고, 이는 곧 약점이 될 수도 있다. 예를 들어 앞에서 이야기한 500엔 점심 메뉴를 보자. 일반적으로 생각하면 점심 단가를 내리는 행위는 위험하다. 분명 '하지 말아야 할' 이유는 몇 가지라도 떠오를 것이다. 그런데 '하지 않는다'라는 결정을 아슬아슬할 때까지 기다려보면 어떨까? 당신의 아이디어를 현실로 만들 수 있는 사람은 당신밖에 없다는 것을 잊지 말자.

미리 말해두지만, 나는 '아무도 하지 않았기 때문에 가치가 있다'고 생각하지는 않는다. 신기함뿐인 아이디어는 흥미 없다. 내가 응원하고 싶은 것은 당신의 '그림'이다. '어떻게 해서든 ○○가 필요하다'라고 강하게 생각하는 마음을 함부로 대할 수는 없다.

• 있는 것으로 무리 없이

'한다'고 결정했다고 해도 사실 무리인 것은 무리다. 이때 중요한 것이 '있는 것으로 무리 없이'라는 사고방식이다. 맞춤반찬도 맞춤반찬용으로 식재료를 사는 등 일부러 부담되는 것은 하지 않는다. '있는 것으로 무리 없이' 맞춤반찬이라는 서비스를 하고 있을 뿐이다. 한끼알바도 그렇다. 계속 고용하고 있는 종업원도 아니고 이 일에 익숙하지 않은 사람이 많다. 그렇다면 예를 들어 바닥 청소를 시키면 된다. 점심 한창 바쁠 때 이런 일이 처음인 사람이 오는 등 타이밍이 나쁜 경우도 있다. 세세한 지시를 하기 힘들다면 주방 벽이나 바닥을 닦게 하면 된다(아까부터 바닥 닦는 것만 말하고 있는데 그건 주방 청소가 그만큼 중요하기 때문이다).

종종 한끼알바 이야기를 하면 "바쁠 때 지시까지 하면서 일하려면 너무 힘들지 않아요?"라는 질문을 받는데, 그렇지는 않다. 내가 힘들지 않는 수준으로 지시를 하면 된다. 있는 것을 완벽하게 잘 다루려고 하거나, 완벽하게 하려고 불필요한 자원을 더 준비하면 부담은 점점 더 커진다.

그리고 '완벽'을 목표로 한다고 했을 때, 그것이 정말로 손님이 원하는 것일까? 미래식당의 맞춤반찬은 항상 냉장고에 있는 재료 15가지 정도에서만 고를 수 있다. 그런데 그것으로는 부족하다면서 맞춤반찬용 재료를 더 준비해 30가지 정도에서 고를 수 있게 한다면 손님이 지금보다 2배의 기쁨을 맛볼 수 있을까? 분명 그렇지 않을 것이다. 지금 맞춤반찬으로 맛볼 수 있는 기쁨을 10이라고 한다면, 식재료가 30개로 늘어났을 때의 기쁨은 기껏해야 1 정도 늘어 11이 될 것이다.

손님이 원하는 부분이 아닌 곳까지 자원을 할애하다 보면, 결과적으로 지쳐 전체가 피폐해진다. 이것이야말로 주객이 전도되는 상황이다.

이익은 나쁜 것이 아니다

가끔 아이디어를 가지고 오는 사람에게 "도움이 될 수 있다면 돈을 벌지 못해도 괜찮아요"라는 말을 듣는데, 나는 거기에 동의할 수 없다. 앞에서도 말했지만, 나는 돈을 벌어서 이익 내는 것을 전혀 나쁘다고 생각하지 않는다. 돈은 투표와도 같은 것이다. 많은 사람의 공감을 얻어 이익을 제대로 내는 것이 비즈니스의 대전제이고 운영자의 책무다.

물론 너무 돈만 생각하고 손님에 대해 생각하지 않는다면 그것은 결코 좋지 않다. 미래식당의 경우는 '이번 달도 손님이 많이 왔네. 여유가 생겼으니 다음 달은 치즈처럼 가격이 좀 더 비싼 식재료를 써볼까?' 하는 식으로 손님께 받은 '호의'를 어떻게 돌려줄까를 자주 생각한다. 금전상의 반환이 아닌 '호의'라고 쓴 것은 이익을 손님에게 받은 호의 같은 것이라고 느끼고 있기 때문이다.

크리스마스 때나 구마모토 지진이 일어난 후에는 하루를 공짜로 일하는 날로 정해 매출 전부를 기부하기도 했다. 하지만 이렇게 돌려줘도 아직 멀었다. 개인적으로는 아직 손님에게 받은 것에 한참 못 미친다고 생각한다.

이야기를 다시 되돌려서, 돈을 버는 것이 싫다면 번 돈 전부를 기부하면 된다. 많이 벌어서 많이 돌려주면 된다. 비즈니스 계획을 상담하러 온 사람 중에는 이야기가 진행되는 도중에 "이렇게 말하다보니 하루 80명은 힘들 것 같네요. 하루 30명으로 하겠습니다"라고 궤도수정을 하는 사람도 있다. 이때 나는 "아쉽네요"라고 대답한다. 그 이유는 하루에 80명이 당신의 가게에서 행복해질 수 있었는데 궤도수정으로 30명밖에 행복해질 수 없기 때문이다. 여기서 '행복해진다'고 단정하는 이유는 그렇지 않으면 사업을 시작한 의미가 없기 때문이다. 나머지 50명의 손님에게 너무나도 안타까운 일이 아닐까?

많은 사람을 행복하게 해주는 것은 나쁜 일이 아니다. "적게 벌어도 괜찮아요"라며 간단히 포기하는 것을 볼 때마다 안타까운 기분이 든다.

바보 같다고 했던 사람이 함께 바보가 될 때까지

내가 일관되게 실현하고 싶은 비전은 '누구라도 받아들이고, 누구에게나 어울리는 장소를 만드는 것'이다. 구체적인 이미지로 앞에서 이야기했던 한 장의 그림이 있고, 비전을 유지해주는 근본으로 맞춤반찬이나 한끼알바 등의 시스템이 있다.

미래식당을 시작했을 때 여러 가지 말을 들었다. "그런 시스템은 무리야", "주문하기 어렵지 않아?", "가게 운영이 안 될걸?", "무슨 종교도 아니고 말이야" 등등, 바보 같다는 말도 많이 들었다.

처음부터 이런 형태를 생각했던 것은 아니다. 예를 들어 주요리의 맞춤 주문은 800엔(약 8,000원), 반찬의 맞춤 주문은 400엔(약 4,000원)이라고 구분하거나 식재료별로 맞춤 주문 요금을 나누자고 생각한 적도 있었다. 하지만 실험을 계속하다보니 여러 가지 문제점이 발생했고, 이를 개선해 지금의 형태가 되었다.

개인적인 의견이지만 생각을 계속하면 최후의 답은 반드시 단순한 것이 된다. 반대로 말하면, 여러 가지를 설명해야 겨우 이해받는다면 생각을 더 많이 해야 한다는 의미다.

지금 돌이켜보면 회사를 그만두고 미래식당을 열겠다고 결심했을 때는 아직 생각이 얕았다. 그래서 "그런 시스템은 무리야"라고 모두에게 반론할 수 있는 여지를 줬을 것이다. "그러면 이건 어때?"라고 반복할 때마다 생각은 점점 깊어졌다. 그러다 보니 미래식당의 콘셉트나 맞춤반찬 이야기를 할 때마다 "어? 먹고 싶다고 말하면 따뜻한 스프가 나온다고? 이렇게 멋진 가게가 있다니!"라며 바보 같다고 평가받았던 부분을 함께 좋아해주는 사람이 늘어났다. 심지어 "빨리 가고 싶어. 왜 아직 없어?"라고 말한 사람도 있었다.

아직 노하우를 배우는 중이라 부족한 것이 많았고, 가게 위치도 정해지지 않았었다. 하지만 이런 장해물을 뛰어넘고 모든 것을 태워버릴 듯한 열기로, 아직 보지 못한 미래식당을 상상하고 함께 바보가 되어준 사람들이 있었다. 이런 사람들이 나타났을 때가 미래식당을 하겠다고 결심한 뒤, 바보 같다는 말을 들었던 때로부터 1년이 지났을 무렵이었다.

앞에서 톱다운과 보텀업이라는 두 가지 방식을 이야기했는데, 어떤 방식이든 사람들이 함께 바보가 되어줄 때까지 시행착오를 거듭하는 것이 중요할지도 모른다.

살롱 18금

'이런 것이 하고 싶다!'라고 그림이 번뜩 떠올랐다면 실행해야 한다.
칭찬을 받을지 받지 못할지는 관계없다.
그것이 사람들이 원하는 것이라면 하지 않으면 안 된다.
도덕적으로 옳은가보다는 본질이 무엇인가가 중요하기 때문이다.

7장

과거를 바탕으로
다음 미래로

◆

　마지막 장이다. 여기서는 다음 미래를 향해 나가는 준비를 비롯해 미래식당이 만들어지기까지의 개인적인 일화와 앞에서 이야기하지 못했던 것을 몇 가지 풀어보겠다.

'살롱 18금'이란?

　앞에서 나는 아이디어를 현실에 적용시키는 방법을 이야기했다. 그렇다면 실제로 어떤 생각에서 미래식당의 시스템들을 만들었는지, 2016년 3월부터 미래식당에서 시작한 '살롱 18금'을 예로 들어 자세히 살펴보자.

　현재 미래식당의 가장 새로운 시스템은 '살롱 18금'이다. 월 1회 열리는 회원제 모임으로 회원이 될 수 있는 사람은 18세 '미만'뿐이다. 18금이라고 하면 보통은 '18세 미만은 금지'이지만 여기서는 뒤집어서 '18세 이상은 금지'라고 정했다. 신분증 확인이나 규약을 읽게 하는 것 등은 일반 회원제 바와 비슷하다.

'살롱 18금'의 가장 큰 목적은 앞에서도 이야기했던 '좋은 것'을 뛰어넘은 방법, 그 중에서도 '선악'의 개념을 뛰어넘은 방법을 만드는 것에 있다.

① '우등생상'에 물들어버린 미래식당의 위기

2015년에 문을 연 미래식당은 맞춤반찬, 한끼알바를 비롯한 독특한 시스템으로 단번에 세간의 주목을 받았다. 그리고 2016년 초 무료식권을 개시하자 더욱더 주목을 받게 되었다. 주목을 받는 것은 기쁘고 감사한 일이다. 하지만 이 무렵부터 조금씩 위기감이 생기기 시작했다. 누군가의 선의로 힘든 사람을 돕는다는 미래식당의 방식이 "멋진 시스템이다. 멋진 가게다"라고 칭찬받을 때마다 세간에서 '도덕적으로 옳다'고 계속 보증을 서주는 것처럼 느껴졌기 때문이다. 이건 내가 예상한 게 아니다. 기존의 도덕관념에 얽매이지 않고 자유로운 발상으로 만든 것이 어쩌다 '도덕적으로 옳다'고 칭찬받은 것이다. 선악에 대한 판단 없이, '당신'에게 정말로 필요한 게 무엇인지 생각한 것뿐인데 우등생이라고 칭찬받고 있었다.

공감은 일종의 '기분 좋음'을 불러일으킨다. 하지만 이 '기분 좋음'이 마약이 되어, 언젠가 '공감을 얻기 위해서' 시스템을 만들게 되는 것은 아닐까? 공감을 얻고 싶은 나머지, '다들 좋다고 하니까 하자'라고 판단을 다른 사람에게 맡기고 내 머리로 생각하는 것을 포기하게 되는 것은 아닐까? 이런 미래의 내 모습에 위기감을 느꼈다. 특히 무료식권의 반향 이래, 미래식당이 '기분 좋음'에 발을 들여놓은 것 같았다.

이 위기감이 새 시스템 '살롱 18금'의 중요한 힌트가 되었다. 무료식권으로 '우등생'이 되어버린 미래식당을 다시 한 번 자유로운 장소로 만들 필요가 있었다. '착하기(도덕적으로 옳기)' 때문이 아니라, 선악을 뛰어넘는 '본질' 때문에 움직이는 가게로 남아 있고 싶었다. 그래서 '다음에 만드는 시스템은 절대로 기존의 도덕 잣대로 잴 수 없게 하자'라고 마음먹었다.

그리고 2016년 3월, 새 서비스 '살롱 18금'을 시작했다.

② '좋은 것'이 아니라 '필요한 것'을 만든다

'살롱 18금'은 원래 구상하고 있었던 것이 아니라 갑자기 번뜩 떠오른 콘셉트다. 18세 미만을 타깃으로 한 것은 한 손님이 미래식당의 크리스마스 모금 후 모금액을 보낼 곳으로 '어린이식당'을 가르쳐준 것이 계기가 되었다.

미래식당의 비전은 '누구라도 받아들이고, 누구에게나 어울리는 장소'다. '누구라도, 누구에게나'에는 어린이도 포함되니 '어린이식당'이 괜찮다고 생각했다. 하지만 '어린이식당'을 직접 가봤을 때 '나라면 여기에 가고 싶지 않다'라는 강한 위화감이 들었다.

'남을 돌봐주기 좋아하는 상냥한 어른이 많이 있다', '아저씨랑 사이좋게 모두 카드놀이' 등등의 생각이 가득한 곳. 그런 공간에 들어가자 '혼자서 밥 먹고 게임을 하는 편이 낫다'고 생각하는 내가 있었다. 도덕적으로 너무 옳아서 오히려 나는 거기에 있기가 불편했다. 옛날을 되돌아보면 나는 결코 '우등생'이 아니었다. 아마 그 이유 때문인지도 모르겠다.

물론 여기서 '어린이식당'의 의의를 따지자는 것이 아니다. 하지만 내가 이른바 '어린이식당'을 운영하는 것은 '뭔가 아니다'라는 느낌이 들었다. 뭐가 아닌지, 위화감의 정체를 생각하는 나날이 이어졌다.

그러던 어느 날, 어린이에 대한 접근 방식이 '밥을 먹지 못하는 아이'나 '혼자서 밥을 먹는 불쌍한 아이'처럼 일부 어린이로 한정된 것 같다는 생각이 들었다. '불쌍한 아이'를 대상으로 한 '어린이식당'의 형태에 얽매인 나머지, 미래식당만의 확실한 대처 방식을 찾지 못했던 것이다. 아이라고 해도 다양한 아이가 있으며, 좀 더 단순히 '나처럼 어디에도 마음 편히 있을 곳에 없다고 느끼는 아이가 원하는 장소를 만들면 된다'라고 생각하자 갑자기 시야가

확 트였다.

이것은 마치 15살 때 처음 찻집에 발을 들여놓았을 때의 충동과 닮아 있었다. 당시의 나는 '집에서의 나'도, '학교에서의 나'도 아닌 '나 자신 그 자체'를 그냥 있는 그대로 받아들여주는 장소를 원했다. 미래식당이 받아들여야 하는 사람의 모습이 명확해진 순간이었다. 옛날의 내가 가고 싶어 했던 장소……, 여기에서부터 목표로 하는 공간 만들기가 시작되었다.

'이런 것을 하고 싶다! 이런 장소가 있으면 이런 사람이 반드시 온다!'라고 그림이 번뜩 떠올랐다면 실행해야 한다. 칭찬을 받을지 받지 못할지는 관계없다. 그것이 사람들이 원하는 것이라면 하지 않으면 안 된다. 도덕적으로 옳은가보다는 본질이 무엇인가가 중요하기 때문이다.

'살롱 18금'의 목표는 '정신적 배고픔을 채워주는 장소'다. 정신 연령이 높아서 반 친구들과 말이 잘 안 통하는 아이, 시나 소설을 쓰고 있지만 친구들에게 이야기하면 바보 취급할 것 같아서 말하지 않는 아이……. 이렇게 '조금 겉돌고 있는 아이'가 안심할 수 있는 장소를 목표로 했다.

③ 미지의 문은 자기가 열 수 있다

'다음에 만드는 시스템은 절대로 기존의 도덕 잣대로 잴 수 없게 하자'는 결심대로 '살롱 18금'은 '약자인 어린이에게 강자인 어른이 손을 내민다'라는 기존의 도덕적인 기준에 선을 긋고 만들었다.

'살롱 18금'은 매월 둘째 주 일요일 11시~18시에 문을 연다. 정회원은 18세 미만인 사람만 될 수 있다. 미성년자를 대상으로 한다고 해서 대충 만들지 않는다. 오히려 지금까지 없었던 개념이기 때문에 훨씬 질 좋은 공간을 만들려 노력하고 있다. 평소에는 정식집인 미래식당도 이날은 내부 장식을 완전히 바꿔 '카운터바'로 변신한다.

살롱 내부는 어린이, 18세 미만, 미성년자라는 분위기가 나지 않도록 설계했다. 이런 단어를 쓰지 않는 것은 물론이고, 음료 메뉴도 '블랙, 화이트, 하프'로 했다. 술 이름 같지만 사실은 '커피, 우유, 커피우유'다. 분위기 좋은 바처럼 보이도록 '반 장난삼아' 세부적인 부분까지 신경 쓰고 있다.

이 '살롱 18금'은 18세 이상인 사람이라도 정회원의 초대를 받으면 회원으로 등록하고 들어올 수 있다. 하지만 신분은 부회원이다. 정회원과 권한이 달라 '살롱 18금'의 운영에 관한 결정권이 없다. 이 초대 제도는 평소에는 어른의 허락을 받은 곳에만 갈 수 있는 아이들이 반대로 어른을 초대한다는, 입장을 완전히 역전시킨 상징적인 제도라 할 수 있다. 반대로 정회원은 다른 정회원 6명의 동의가 있으면 부회원을 제명시킬 수 있는 등 아주 강한 권한을 가진다.

그리고 초대 제도에는 '정회원의 2촌 이내는 초대할 수 없다'는 제한을 두고 있다. 다시 말해, 부모나 형제자매를 살롱에 초대할 수는 없다. 살롱은 '일상에서 분리된 공간'이다. 아이들은 그 고급스러움에 당황하면서도 발돋움해 조금씩 좋은 어른이 되어간다. 친구나 부모와 오는 '일상'과 이어져서는 의미가 없다. 미지의 문은 스스로 열지 않으면 의미가 없다.

지난달에 제6회 '살롱 18금'을 개최했다. 초등학생부터 고등학생까지 남녀 비율도 반반 정도였다. 자세히 말할 수는 없지만, 상상했던 그런 느낌이었다. 앞으로 '살롱 18금'이 어떤 형태로 변해갈지는 모른다. 하지만 내가 그 '그림'을 떠올리게 된 경위와 그것을 현실에 적용시키는 과정의 분위기가 이 글을 통해 조금이라도 전달되었으면 좋겠다.

'기억상실' 손님 접대의 원형

TV나 인터넷 등에서 미래식당에 대해 본 뒤 '틀림없이 화기애애하고 손님들의 교류가 많은 식당일 거야'라는 기대를 하고 오는 사람은, 실제로 방문했을 때 상상과 다른 모습에 당황하는 경우가 많다. 왜냐하면 내가 딱히 붙임성 있게 손님과 대화를 나누는 것도 아니고 재방문한 손님에게 "오랜만이에요"라고 말을 거는 것도 아니기 때문이다.

물론 몇 번 온 손님의 얼굴은 기억한다. 하지만 항상 모르는 척 응대하며, 매일 오는 손님이라도 꼭 100엔 할인권을 보여달라고 말한다. 미래식당에는 '얼굴 패스'나 '단골손님'의 개념이 없다. 그렇다고 해서 손님과 커뮤니케이션하지 않는 것은 아니다. 못 먹는 음식을 가르쳐준 손님이 왔을 때에는 아무렇지 않게 그 재료를 빼고 내놓거나(그 사실을 말하지는 않지만) 뜨거운 것을 못 먹는 손님, 먹는 속도가 느린 손님, 빠른 손님 등 대략적인 습관을 파악해서 그에 맞게 응대하고 있다. 예를 들어 먹는 속도와 미래식당을 나서는 속도가 빠른 손님에게는 디저트를 최대한 빨리 내는 식으로 말이다.

이것을 커뮤니케이션이라고 해도 되는지는 모르겠지만, 폐점 전이 되면 "바닥 청소해야겠네"라는 나의 선언(?)에 이끌려 자기도 모르게 대걸레를 들고 바닥 청소를 하고 있었다는 손님도 적지 않다(솔직히 말하면 거의 매일이지만).

이런 독특한 커뮤니케이션 방식은 중학생 때 처음으로 발을 들여놓았던 밤의 세계, 오사카에 있는 어느 게이바에서의 체험이 큰 영향을 끼쳤다. 바에 놀러 가면 마마(라고 썼지만 사실은 남자다)는 평소에 어떻게 지내는지 등을 묻는 경우가 일체 없었다. 하지만 다른 손님이 내게 술을 먹이려고 하면 아무렇지 않게 나를 불러

일을 시키는 등 문제에 능숙하게 대처했다. 이처럼 안 보고 있는 듯하면서도 보고 있는 모습이 내가 이상적이라고 생각하는 가게의 방식으로 이어진 것 같다.

폐점 때까지 놀고 있으면 가게 청소를 도운 후 마마의 집에서 잘 수 있었다. 나는 이런 경험으로 인해 '바'는 폐점 때까지 있으면 마스터의 집에서 잘 수 있는 곳이라 믿고 있었다. 그런데 도쿄의 일반 바에서 일하면서 폐점과 동시에 손님들이 모두 돌아가는 것을 보고 깜짝 놀랐다. 지금 생각해보면 '밤거리로 학생을 내보내면 위험하기 때문'이라는 마마 나름의 배려가 있었던 것 같다.

그 가게에서는 이처럼 서로의 사정을 깊이 파고들지 않았지만 여러 가지를 짊어지고 있구나 하고 느껴지는 사람들이 활기차게 때로는 조용하게 시간을 보내고 있었다.

또 어릴 때 10년 동안 다도를 배운 것도 크게 영향을 미쳤다. 다도의 세계에서는 명백하게 말로 표현하는 것을 좋아하지 않는다. 족자나 장식되어 있는 꽃은 항상 계절이나 명절에 맞게 바꾸지만, 다른 사람이 모르게 조용히 바꾼다. 손님이 올지 안 올지 몰라도 만전을 기하고 있지만 그것을 손님이 눈치 채지 못하게 한다. 이런 다도의 방식은 나의 가치관에 상당히 큰 영향을 미쳤다.

'과하지 않은, 딱 알맞은 거리의 관계.'

글로 써놓고 보니 진부한 문장이지만, 이런 체험들로 인해 나만의 독특한 색을 갖게 되었다.

그리고 알고 있어도 모르는 척하는, 이른바 '매일이 기억상실'인 것처럼 하는 접대 스타일은 어떤 의미에서는 오히려 '오기 쉬운 분위기'를 만든다고 생각한다. 편의점은 매일 가든 가끔 가든 신경 쓰지 않고 갈 수 있다. 점원과의 커뮤니케이션이 거의 없어서 신경 쓰지 않아도 되기 때문이다.

기운이 넘칠 때라면 "오랜만이네요. 요즘 어떻게 지내요?"라는 말을 들었을 때 기쁘겠지만, 기운이 없을 때에는 그냥 좀 내버려뒀으면 좋겠다는 생각이 들기도 한다. 미래식당은 기운이 넘쳐서 화기애애하게 모두가 즐기는 가게라기보다 지쳤을 때 생각나는, 혼자 조용히 시간을 보내기 좋은 가게였으면 싶다. 있는 힘을 다써 기운이 없어도 오는 것이 힘들지 않은 가게였으면 싶다. 이런 생각이 상대에게 과도한 관심을 보이지 않고, 서로를 깊이 파고들지 않는 지금의 스타일을 만들었다.

극단적으로 말하면, 곤란할 때 미래식당을 떠올려주면 좋겠다. 앞에서 나는 미래식당을 만들 때 떠올린 그림을 '여기 한 사람이 앉아 있다. 조금 고독해 보이지만 여기에 잠시 함께하는 느낌'이라 표현했다. 손님이 매일 와주지 않아도 괜찮다. 물론 장사이기 때문에 매일 와준다면 고마운 일이고, 미래식당이 좋아서 방문하는 것이니까 아주 기쁜 일이다. 하지만 그것을 목표로 하거나 '만들자,

단골손님!'이라고 깃발을 내거는 것은 아니라는 생각이 든다.

물론 매일 올 수 있도록 메뉴를 매일 바꾸고, '좋은 가게네. 또 와야지'라고 생각하도록 청소도 열심히 하고 있다. 여기에 더해 손님을 무리하게 붙잡으려 한다면 미래식당이 가진 '쉼터' 같은 분위기가 사라질 것이다.

미래식당에서는 한 번 오면 영원히 쓸 수 있는 100엔 할인권을 준다. "첫 방문이 아니라 두 번째부터 할인이라니 신기하네요"라는 손님이 많은데, 생각해보면 확실히 특이할지도 모르겠다. 일반 가게에서는 "첫 방문 손님은 100엔 할인"이라는 문구를 자주 볼 수 있기 때문이다.

사실 미래식당의 100엔 할인권에는 단골이 되어줬으면 하는 마음보다, 한 번 가게에 와준 손님과의 인연을 끊고 싶지 않다는 마음이 밑바탕에 깔려 있다. '열 번 방문하면 ○엔 할인'과 같은 포인트제 시스템을 도입할 생각은 해본 적도 없다. 매일이 기억상실인 나날을 보내는 나에게 열 번 온 손님도 두 번 온 손님도 다시 와줬다는 의미에서는 똑같은 손님이기 때문이다. 한 번 오면 계속 쓸 수 있는 할인권을 주는 것은 반복해서 와줬으면 하면서도 정해진 '몇 번'을 꼭 와야 한다는 건 원하지 않는 미래식당의 입장을 상징하고 있는지도 모른다.

과거의 미래를 그린 내부 장식

미래식당에 온 손님에게 "처음 왔는데 뭔가 그리운 느낌이 드네요"라는 감상을 들은 적이 있다. 미래식당의 디자인 콘셉트는 '그리운 미래'다. 예를 들어 가게 로고도 '만약 오사카 만국박람회에 미래식당이 있었다면'을 이미지로 한, 복고풍과 미래의 느낌을 함께 주는 디자인이다. 옛날 시골 마을회관에나 있었을 법한 두꺼운 찻잔이나 1960년대의 고급 나무 의자, 불투명 유리로 된 간장통, 일일 달력, 나무 쟁반 등도 마찬가지다. 의자의 모양은 하나하나 다르지만 만들어진 시대가 같아서인지 분위기가 비슷해 잘 어울린다. 의자 중 하나는 61년 동안 운영했던 찻집 신주쿠 스카라자에서 받았다. 스카라자는 미래식당이 문을 연 9월 13일의 정확히 2주 전인 8월 31일 역사적인 막을 내렸다. 복고풍의 중후한 분위기를 개인적으로 마음에 들어했던 것도 있고, 어떻게든 그 가게의 좋은 점을 이어가고 싶어 주인에게 부탁해서 물려받았다. 이 의자를 좋아해서 일부러 앉는 손님도 많다. 평소에 사용하는 도구들 역시 복고풍의 품위 있는 것으로 택했기에 처음 온 손님도 차분한 그리움을 느끼는 것 같다.

작가의 작품을 식기로

미래식당의 식사는 쟁반에 담아서 내는 이른바 정식집 스타일

이다. 쟁반에 놓인
식기나 요리를 보고
환호성을 지르는 사
람도 있다. "이 그릇
귀여워!"라고 좋아
해주는 사람은 역시
여성이 많다. 하지만
그도 그럴 것이 미래

작가에게 특별 주문한 작은 접시. 60장 가까이 되는데, 하나하나
모양이 다르다.

식당의 식기는 공들여서 고른, 업소용이 아닌 가정용 그릇 그 이상
이다. 특히 도자기로 된 작은 접시는 이세탄 신주쿠점에 전시되어
있던 작가의 작품에 한눈에 반해 주문 제작한 것이다. 모양에서 점
토, 줄질을 하는 법까지 특별히 상의해서 만든 작품이다. 음식점에
서 사용할 것이기 때문에 단단한 흙으로, 바닥은 쟁반의 칠이 벗겨
지지 않도록 세세하게 줄질을 해서 매끌매끌하게 만들어주었다.
60장 가까이 되는 작은 접시는 하나하나 모양이 다르다. "이 그릇
귀여워!"라고 좋아해주는 손님에게 사실은 작가의 작품이라고 이
야기한다. 대부분의 사람들이 작가 작품을 식기로 써본 적이 없기
때문에 이런 문화를 접하는 좋은 계기가 되었으면 싶다.

오히츠(나무밥통)도 장인이 직접 만든 것이다. 미래식당의 카운
터는 2단으로 되어 있는데, 이 카운터와 카운터 사이에 딱 들어가

는 높이가 되도록 장인에게 특별 주문했다.

도자기 작가도 오히츠 장인도 지금까지 음식점에서 작품을 쓴 적은 없었다고 한다. 미래식당을 방문해 실제로 사용하는 손님을 보니 훨씬 더 기쁘다고 말했다. 오히츠 장인은 나고야에 사는 마음씨 좋은 할아버지인데, 미래식당을 방문했을 때 손님들에게 "이분이 지금 쓰고 있는 오히츠를 만드신 장인이에요"라고 소개했다. 그랬더니 다들 흥미진진해했고, 가게는 오히츠에 대한 이야기꽃이 피었다.

밥그릇도 야마나카 칠기의 특별 주문품이다. 칠기 밥그릇은 현대 일본에서 거의 찾아볼 수 없다. 하지만 에도시대 이전에는 나무 밥그릇을 많이 썼고, 다도의 공식적인 행사에서는 아직 칠기 밥그릇을 쓰기 때문에 장인에게 상담을 해서 특별히 만들었다. 사실 문을 연 직후에는 도자기로 된 아주 일반적인 밥그릇을 사용했는데, 크고 둥그스름해서 잘 깨졌다. 위험하기도 하고 비효율적이라 나무제품을 쓰는 게 좋겠다고 생각했다. 그 후 이시카와현 야마나카를 방문해 나무, 모양, 옻의 색깔을 골랐다. 장인도 내 주문에 악전고투했지만 무사히 아주 좋은 그릇을 만들어주었다. 밥그릇을 들었을 때의 느낌이 좋다며 손님들의 평가가 아주 좋다.

나는 원래 그릇을 좋아하지 않았는데, 미래식당에는 어떤 그릇이 어울릴까 고민하며 백화점을 돌아다니거나 전시를 감상하다

보니 점점 안목이 높아진 것 같다. 최근에는 다른 지역을 방문하면 그곳 백화점의 식기 코너를 둘러보고, 가게 근처에서 열리는 전시를 정기적으로 보러 다닌다.

미래식당은 작은 가게이기 때문에 식기를 대량으로 사지 못한다. 하지만 한끼알바로 음식점을 열고 싶은 사람들이 모이면서 "제 가게에서도 이 접시를 쓰고 싶어요"라고 말하는 사람이 생기고 있다. 도쿄 기치조지 역 근처에서 한 달에 한 번 '어린이식당' 이벤트를 열고 있는 한끼알바생도 지난달 오히츠를 특별 주문했다. 나 개인의 구입량은 한계가 있지만, 이렇게 다른 구입자를 소개하는 것으로 조금이라도 은혜를 갚을 수 있다면 좋겠다.

식재료 선택은 까다롭게

'식기에 까다로운 것은 알겠는데 식재료는 어떤가' 궁금해하는 사람도 있을 것이다. 사실 이에 관해서는 일절 공개하지 않고 있다. 어떤 식재료를 사용하고 있는지는 손님이 물으면 말해주지만 그것을 전면에 내세워 광고한 적은 없다. 왜냐하면 미래식당은 손님 자신의 '보통'을 최대한 존중하는 가게이기 때문이다. 가게 측에서 '쌀은 맛있는 ○○산!'이라고 강조하면 '그렇구나. 이런 것이 대중적인 입맛이구나' 하고 손님이 자신의 생각을 버리고 가게의 기준을 받아들이게 된다. 그것은 가게의 '맛'을 강요하는 다른 음식점과 똑같은 태도라고 생각한다.

가게가 "이게 맛있다"라고 하면, 그곳에서의 '말의 힘'은 손님보다 가게가 강하기 때문에 손님은 따를 수밖에 없게 된다. 가게가 "맛있다"고 하는데도 "아니야. XX가 더 맛있어"라고 당당히 맞설 수 있는 것은 요리 만화의 주인공 정도일 것이다. 일절 공개하지 않는다는 것이 너무 고지식하다고 느낄지 모르지만, 이 정도로 하지 않으면 약한 위치에 있는 손님과 균형이 맞지 않는다고 생각한다.

물론 이상한 식재료를 사용하는 건 결코 아니다. 미래식당의 주방에는 아침부터 밤까지 한끼알바생이라는 '절반 손님'이 있기 때문에 이상한 식재료를 숨길 수 없다. 한끼알바생들이 '헉, 이 가게에서는 이런 걸 쓰는 거야?'라고 환멸을 느끼면 그 소문을 금방 퍼질 것이다. 보통 음식점보다 더 오픈된 미래식당에서 무엇인가를 감추는 것은 오히려 어렵다.

식재료에 까다롭다는 사실을 공표하지 않는 또 다른 이유는 요리를 '요리 = 식재료 + (조리) 기술'로 나눈다고 할 때, 지금의 요식업계에서는 너무 '식재료'만을 강조한다는 생각이 들었기 때문이다. '어떤 식재료, 어떤 요청이 들어와도 맛있게 요리하는 것'을 신조로 하고 있는 나에게는 식재료로 '맛있음(= 가게의 존재 가치)'을 표현하는 것은 조금 교활하다고 느껴진다.

프랜차이즈 모집이나 아르바이트 고용 등으로 '누구라도' 쉽게 조리할 수 있도록 만든 결과, 기술력 대신 식재료를 내세우게 된 것은 이해가 간다. 하지만 '○○산'만을 강조하는 것은 '음식점' 본연의 모습이 아니다. 음식점은 소매업이 아니다. 요리인은 요리 실력으로 승부해야 한다.

물론 나는 아직 한 사람 몫을 하지 못하는 풋내기다. 하지만 그렇기 때문에 식재료 뒤에 숨지 않고 매일매일 기술을 갈고닦고 있다. 매일 메뉴가 바뀌고 기본적으로 같은 것을 만들지 않는 미래식당에서는 다행히도 매일이 배움의 장이다.

예를 들어 올해 8월 첫째 주에 만들었던 곁들임 반찬은 '동아 냉무침, 콩조림, 소금으로 숨을 죽인 오이 모로헤이야무침, 연어 남플라소스구이, 여름채소 조림, 나메로, 소송채 참깨무침, 오이 오크라 매실무침, 대두와 모로헤이야무침, 고추냉이절임과 쿠로한펜(이 두 가지는 시즈오카에서 온 한끼알바생의 선물)'이었다. 곁들임 반찬은 주요리와 따로 만든다. 계절감도 중요하다(참고로 이 일주일간은 더웠기 때문에 국은 냉국으로 했다). 대량으로 만들기 때문에 '다음에는 이렇게 하자'라는 지혜가 점점 쌓인다.

다른 가게에서 먹은 맛있는 것을 흉내 내는 것도 공부가 된다. 어느 호텔에서 먹었던 포테이토 샐러드가 부드럽고 맛있어서 요리사에게 물었더니 고운체에 내려서 부드러움을 살리고 있다고 했다. 바로 흉내 내서 만들어봤더니 손님들이 "맛있다! 이거 크림

들어갔어요?"라고 호평해주었다. "삶은 감자를 푸드 프로세서로 갈아 부드럽게 만들었어요"라고 말하자 집에서 해보겠다며 다들 기쁜 얼굴로 돌아갔다. "여기서 먹은 것을 밤에 집에서 만들어봐요"라고 말하는 손님도 있다. 집밥 메뉴에 참고해주는 손님이 꽤 많다.

'○○산'을 강조하는 것은 쉽다. 반대로 기술을 내세우는 것은 어렵다. 가게가 생각하는 '맛있음'을 강요하지 않으려면 더욱더 그렇다. 그래서 결과적으로 미래식당은 '맛있음'을 거의 내세우지 않는 식당이 되었다. 가끔 아쉬운 마음이 들 때도 있지만, 고맙게도 "여기에 오면 맛있는 것을 바로 먹을 수 있어서 좋아요"라며 자주 오는 손님들이 있기 때문에 그것을 믿고 그냥 정진할 뿐이다.

미래식당의 미디어와 SNS 활용법

가게가 생각하는 '맛있음'이나 식재료 등을 내세우지 않는다고 처음부터 정했기 때문에 미디어에 나갈 때 "왜 미래식당의 음식이 맛있는가?"라는 문구는 올리지 않도록 사전에 기자들에게 부탁하고 있다. 여기서는 이처럼 다른 사람이 말할 때(미디어)와 내가 말할 때(SNS) 염두에 두는 것을 살펴보겠다.

① 미디어

• 축을 흔들지 않는다

미래식당이 미디어에서 다루어질 때는 내가 이과 출신이고 전에 엔지니어였다는 경력이나 한끼알바 등의 독자적인 시스템에 초점을 맞추는 경우가 많다. 그래서인지 "그러니까 맛은? 어차피 맛없는 거 아냐?"라는 댓글이 인터넷에 자주 올라온다. 그것을 볼 때마다 "음식도 맛있게 만들고 있어요!" 하고 대답하고 싶은 답답한 마음이 들었다. 하지만 그렇다고 해서 내가 "미래식당의 음식은 맛있습니다"라고 말하기 시작하면, 미래식당의 장점인 손님 한 사람 한 사람의 '맛있음'을 중요하게 생각하는 방식이 깨질 것이다.

미디어는 사람의 말을 다르게 해석해서 전달하는 경우가 많다. 따라서 사람들의 반응을 기대하지 않고 받아들이는 것이 중요하다. 어차피 사람이 사람을 완벽하게 이해하는 것은 불가능하고, 그런 요구는 일종의 어리광이기 때문이다.

다만 '절대로 보도해서는 안 되는 것'을 정해두는 것은 중요하다. '꼭 보도해야 하는 것'을 보도할 수 있는가는 지면의 크기나 스폰서 등에 따라 크게 달라지기 때문에 누구도 확실하게 약속하지 못한다. 하지만 보도해서는 안 되는 것은 확실히 지킬 수 있으니 미리 알려주는 것이 좋다.

• 부탁을 공유한다

몇 번 취재를 받다보면 조심해줬으면 하는 것을 조금씩 알게 된다. 그것들을 문서로 정리해 다음 취재 때 공유하면 설명하는 수고도 줄일 수 있고, 질도 균등하게 유지할 수 있다. 미래식당의 홈페이지에 '취재하시는 분들께 드리는 부탁'을 올려 의뢰가 들어오면 먼저 여기를 확인해달라고 이야기하고 있다. '절대로 보도해서는 안 되는 것'과 자주 하는 질문의 FAQ, 취재 중 주의사항까지 자세히 적어두었더니 "이렇게까지 해주시니 오히려 저희가 고맙습니다"라고 하는 미디어 관계자가 많다.

② SNS

• '당신'을 묻히지 않게 한다

앞에서도 설명했지만 미래식당에서는 일대일 커뮤니케이션을 중요하게 생각한다. 그래서 나는 SNS에 불특정다수를 향해 글을 올린다기보다는 친한 친구에게 편지를 보낸다는 느낌으로 글을 올리고 있다.

③ 미디어, SNS 공통

• 각오한다

인터넷 상에 쏟아지는 악플이나 정말로 전달하고 싶은 것이 빠진 듯한 보도에 지치는 일이 생길 수 있다. 하지만 이것을 무서워해서는 아무 일도 할 수 없게 된다. 정말로 전달하고 싶은 내용이 있다면 모든 것을 포용하는 자세가 중요하다. 미래식당의 비전은 '누구라도 받아들이고, 누구에게나 어울리는 장소'를 만들고 그것을 알리는 것이다. 미래식당을 모르지만 필요로 하는 '당신'에게 닿기 위해서라면 다소 부상을 입더라도 괜찮다. 긍정이든 부정이든 사람의 감정 에너지를 혼자서 받아들이는 것은 힘든 일이다. 게다가 기존의 상식이라고 하는 것과 다른 걸 시작한다면 그만한 각오를 하지 않으면 안 된다.

미래식당의 간단한 역사

나는 원래 요리인의 길을 걸었던 것은 아니고, 대학졸업 후 6년이 좀 안 되게 회사를 다녔다. 미래식당을 열겠다고 직장생활을 그만두기 전에는 레시피 검색 포털 쿡패드에 다녔고, 지금의 미래식당이 아닌 쿡패드의 장점을 살린 음식점 개업 계획을 회사에 제안하기도 했다. 혼자서 가게를 시작하는 것이 목적이 아니라 사내에서 뭔가 할 수 있다면 그걸로 됐다고 생각했기 때문이다. 하지만 사장의 대답은 "현시점에서 우리 회사와의 사업적 연관성이 낮기 때문에 어렵네"였다. '그렇다면 내가 직접 하자'라고 생각해 회사를 그만두고 미래식당을 열기 위해 노하우를 배우러 다니기 시작했다.

회사를 그만둘 무렵에는 미
래식당이라는 상호와 맞춤반찬
의 콘셉트를 생각하고 있었기
때문에, 메시지 카드 앞면에 '미
래식당'의 도장을 찍고 뒷면에

회사를 그만둘 때에 동료들에게 나눠줬던 메시
지 카드. 앞면에 '미래식당'의 도장이 찍혀 있다.

"○○씨의 '보통'을 맞춤 주문하는 가게입니다. 2015년 가을쯤 문
을 열 예정입니다. 100엔 권"이라고 적어 도움을 받았던 동료들에
게 건넸다. 실제로는 전망이 보이지 않았기 때문에 '도대체 무슨
말이야?'라고 생각하는 사람도 있었을지 모르지만, 어쨌든 그런
형태로 마음을 전했다.

문을 연 후 이 메시지 카드를 가지고 와준 동료가 있어서 너무
기뻤다. 물론 할인을 해주었다.

① 음식점에서 노하우 배우기

요식업 경험은 전혀 없었지만 가게를 처음부터 혼자 한다고 정
했다. 왜냐하면 맞춤반찬이라는 콘셉트는 항간에 존재하지 않기
때문에, 새로이 개척하는 단계에서는 사람을 고용하지 않고 우선
내가 조리를 해서 맞춤반찬을 선보일 필요가 있다고 생각했다.

회사를 그만둔 다음 날, 가사대행 서비스에 등록해 청소나 요리

의 기본을 배우면서 다양한 가정에서 어떤 방식으로 요리를 만들고 식사를 하는지 알게 되었다. 그리고 '사이제리야'나 '오리진 벤토'와 같은 효율적인 체인점부터 창업 120년이 넘은 유서 깊은 배달음식점까지 다양한 음식점에서 일했다.

기구의 높이나 바닥의 폭 등도 '나는 5센티미터 더 낮춰서 사용하면 좋겠다'는 식으로 사용하기 편한 방법을 깨달을 수 있었기 때문에 다양한 가게에서 일했던 것은 좋은 경험이 되었다. 하지만 한창 일하고 있는 도중에 자를 꺼내서 "이 작업대는 폭이 90센티미터네"라고 했다가는 "뭐하는 짓이야!"라고 꾸중을 들을 수 있어서 손으로 몇 뼘, 보폭으로 몇 걸음이라는 식으로 메모장에 적어두고 집에 돌아와 수치를 계산하기도 했다.

② 가게 계약

책 좋아하는 사람들이 모이는 오피스 거리라는 이유로 진보초에 가게를 내겠다고 처음부터 생각했지만, 지금의 위치를 찾았을 때는 정말로 여기가 괜찮은지 주변에 탐문조사를 했다. 점심시간에 걸어 다니는 사람 수나 근처 가게에 있는 사람 수를 세기도 하고, "여기에 밥을 마음껏 먹을 수 있는 정식집이 있으면 어떨까요?"라고 인터뷰를 하기도 했다. "좋네요. 갈게요. 내일이라도 갈게요" 하고 듣기 좋으라고 바로 대답하는 사람이 있어 쓴웃음을 짓기도 했다.

식당에 대해 잘 아는 사람에게는 "점심시간은 엄청 짧으니까 혼자서 하기는 무리예요. 밤에도 사람의 왕래가 별로 없는 곳이니 다시 생각해보세요"라는 말을 들었다. 하지만 효율적인 운영을 통해 점심시간을 최대한 활용하고, 밤에는 맞춤반찬이라는 새로운 서비스로 손님을 끌면 된다고 생각했다. 게다가 시간이 걸리는 맞춤반찬을 위해서는 밤에 손님이 많지 않았으면 좋겠다는 생각도 들어 지금의 위치로 정했다. 2015년 7월, 문 열기 2개월 전에 정식으로 계약을 했다.

③개업 초기

회사를 그만둔 다음날부터 미래식당을 열기 위해 블로그에 '미래식당 일기(음식점 오픈 일기)'를 썼기 때문에, 오픈 첫날 블로그 독자들이 많이 찾아오는 등 순조로운 출발을 보였다.

참고로 문을 막 열었을 때는 점심 가격을 850엔(50엔 할인권을 줘 다음 방문부터는 800엔)으로 정했는데, 50엔짜리 동전이 많이 나가 매일 아침 동전을 준비해야 한다는 사실을 알게 되었다. 동전을 준비하는 수고를 줄이기 위해 900엔(다음 방문부터는 100엔 할인해서 800엔)으로 문을 연 다음날 가격을 변경했다. 해보지 않으면 모르는 것도 있다는 사실을 깨달은 사건이었다.

문을 열고 1년이 조금 지나서는 다행히 '평소에 먹기 편한 밥집'으로 소문이 나 많은 손님이 찾아주고 있다. '조금 다른 시스템이 있는 가게'라며 멀리서 방문하는 손님도 있다. 참고로 미래식당은 일요일과 월요일이 휴무다. 오피스 거리에 있기 때문에 토요일과 일요일에 쉬면 매출이 더 늘어나겠지만 멀리 사시는 분들이 오기 힘들기 때문에 토요일 텅텅 빈 오피스 거리 한복판에서 영업하고 있다.

※ 미래식당의 영업시간은 공식 홈페이지에 있는 '캘린더'에서 최신 정보를 확인해주세요.
http://miraishokudo.com

나가며

이 책의 원제는『공짜 밥을 파는 식당이 오늘도 흑자인 이유』로, 꽤나 자극적인 제목인데 독자 여러분께 '흑자의 이유'가 전해졌나요?

미래식당은 50분 동안 일을 도와주면 한 끼가 무료고, 또 무료 식권이라는 제도도 있어서 얼핏 보면 '어떻게 돈을 버는 거야?'라는 생각이 드는 이상한 정식집입니다. 하지만 가게가 비용을 부담하고 있는 것이 아니라 한끼알바 등 손님이 도와주는 시스템과 조합해서 무리 없이 실현하고 있습니다. 이 책에서는 이런 미래식당의 시스템을 자세히 설명했습니다. 돈을 버는 것도 물론 중요하지만, 책에서는 거기에 그치지 않고 다음 두 가지를 조금 더 이야기했습니다.

- 미래식당이 왜 이런 '복잡하고 까다로운' 형태를 취하고 있는가?
- 이렇게 새로운 시스템을 만들어내기 위한 힌트

지금까지 제 이야기를 들어주셔서 감사합니다.

"미래식당의 전망은 어떤가요?"라는 질문을 자주 받는데 저는 잘 모르겠습니다.

미래식당 자체의 장래보다 미래식당에 와주셨던 분들의 장래가 흥미롭다고 생각하고 있습니다.

한끼알바를 하기 위해 전국에서 온 음식점 개업 희망자들. 이들 중에는 이미 가게를 낸 분도, 이제 시작인 분도 있습니다. 내년 개업을 목표로 하는 한끼알바생은 5명이고, 이미 개업을 한 분은 3명입니다. 개업을 했지만 "생선 요리 좀 가르쳐 주세요"라며 불쑥 찾아오는 한끼알바생도 있습니다.

전국 방방곡곡에서 미래식당다움을 이어 받은 가게가 생기는 것은 매우 기쁜 일입니다. 그리고 한끼알바생 이외의 손님들 중에 자신의 사업계획이나 구상을 이야기하는 분도 많습니다. 이런 분들에게서 가끔 "딱 맞는 가게를 찾았습니다"처럼 진전된 이야기를 듣는 것도 기쁜 일입니다.

지역살리기 운동을 하는 분이 자기 마을의 특산물을 가져오기도 하고, 제조업체에 다니는 분이 엄청난 양의 양념을 선물해주기도 합니다. 다양한 사람들과 관계를 맺어가는 동안에 손님 역시 새로운 발견을 하고, 또 새로운 연결고리가 만들어지는 것을 느끼고 있습니다.

그렇다면 미래식당 자체의 장래는 어떨까요?

이미 이야기한 대로, 미래식당의 각 시스템이나 경영방법은 모두 공개해 누구나 따라 할 수 있습니다. 하지만 사실 2호점이나 프랜차이즈로는 이른바 '음식점다움'을 발전시키기 힘들다고 생각합니다. 그렇다면 어떤 발전형이 있을 수 있을까요?

미래식당을 열겠다고 생각했을 때부터 이 의문이 줄곧 머릿속에 있었습니다. 이상하게도 현실적으로는 장사가 잘 되지 않아 폐점할 가능성이 높을지 모르지만, 저에게는 왠지 모르게 미래식당은 세상에 널리 알려질 것 같다는 예감이 있었습니다. 그래서인지 일찍부터 미래식당의 앞으로를 상상하고 있었습니다.

미래식당의 본질은 '누구라도 받아들이고, 누구에게나 어울리는 장소'라는 비전을 전파시키는 것입니다. 이것은 반드시 음식점으로 전파되는 것을 의미하지 않습니다. 어떤 업종이라도 괜찮습니다. 저는 '누구라도 받아들이고, 누구에게나 어울리는 장소'라는 비전을 미래식당이라는 요식업계에 적용시켰습니다. 이 비전이 다른 업계로 널리 전파되면 공감한 다른 사람이 새로운 형태의 시스템을 만들어낼 것입니다. 그렇게 보면 창업자인 저도 배턴을 다음 주자에게 넘겨줘야 하는 첫 번째 주자에 불과합니다.

2호점, 3호점이라는 형태의 수익증가로 인한 발전이 아니라 비전 공감으로 인한 세상의 변화, 이것이 미래식당이 목표로 하는 장래의 모습입니다.

이 책을 읽고 있는 지금, 새로운 것에 도전하고 싶다고 생각하는 분이 있을지도 모르겠습니다. 또 생각만 하고 실행에 옮기지 않는 분도 있겠지요. 그것은 어쩔 수 없는 일입니다. 도전하지 않는 당신을 비웃을 사람은 아무도 없습니다.

하지만 만약 당신이, 한 걸음, 당신이 생각하는 미래로 향하는 발을 내딛는다면 그때는 언제까지고 응원하게 해주세요. 왜냐하면 당신은 이미 내가 넘겨준 배턴을 쥐고 있으니까요.

마지막으로 식당에 와주시는 손님, 한끼알바생, 제멋대로인 주문에 맞춰주시는 거래처분들, 언젠가 미래식당에 가보고 싶다고 생각하는 멀리 있는 분들, 그리고 이 책을 읽고 있는 당신에게 머리 숙여 감사드립니다. 고맙습니다.